AF287148

© 2023 by :TRANSIT Buchverlag
Postfach 120307 | 10593 Berlin
www.transit-verlag.de

Umschlaggestaltung und Layout:
Gudrun Fröba
Druck und Bindung:
CPI Gruppe Deutschland
ISBN 978-3-88747-397-6

FSC
MIX
Papier
FSC® C083411

Jürgen Theobaldy

Mein Schützling

ROMAN : TRANSIT

Wieder kommt mir die Szene im Rialto in den Sinn, während wir einmal mehr statt in der Kronenhalle in dieser abgelegenen Pizzeria, die kaum je den Rang eines Geheimtipps erreichen wird, zusammensaßen, wie immer auf Vorschlag von Marus Lorbert, dort kennt mich keiner, zum Lachen seltsam, wie falsch er seinen Ruhm, sein Genie einschätzt oder so tut. Im Rialto kennt ihn mindestens der Kellner und Francesco, der die Oper liebt, gibt sich ihm gegenüber so besonders höflich, dass seine kaum verdeckte Ehrfurcht jedem anderen auffallen würde, jedem außer Marus Lorbert. Also sitzen wir dort, ich habe den Vertrag aus Prag dabei, und eine Frau nähert sich unserem Tisch, eine gepflegte Dame, wie mich durchfährt, anscheinend ist sie etwas unschlüssig, sie will nicht stören und weiß, dass sie es tut, sie ist verlegen oder gibt sich so, wirkt eingeschüchtert oder ich kann sie, nach manchem Zwischenfall, den ich mit Marus Lorbert erleben musste, gar nicht anders sehen. An unserem Tisch angelangt, geht ein Ruck, ein Stups nur, durch ihren Körper, in einer vollendet stolzen Gebärde legt sie ein Kuvert auf den Tisch, mitten zwischen unsere Gläser, sagt mit verblüffend klarer Stimme, sie möchte gewiss nicht stören, und hat sich nach einem: Ihnen weiter einen schönen Abend, weggedreht, als Marus Lorbert aufspringt und mit einem wütenden Schnauben an ihr vorbei ist, von der Garderobe die Jacke reißt und hinausstürmt in die laue Nacht. Ich bleibe sitzen. Schaue hinüber zu der Frau, die ich hinter dem holzgedrechselten Firlefanz im Rialto gerade noch sehen kann, sie war ja wohl auch schon auf dem Weg hinaus, und ich öffne eine Hand, eine beschwichtigende, hoffentlich besänftigende oder insgeheim verständige Geste – auf die sie mit einem bekümmerten Blick antwortet, bevor sie langsam das Rialto verlässt, allem Anschein nach eine selbstständige, noch in dieser Situation sich ihrer selbst gewissen Frau.

Ich fasse nach dem Handy, das ich ausgeschaltet hatte, um mit Marus Lorbert unbehelligt von Summ- und Brummtönen ein Glas zu trinken, er hätte sich einen Anruf verbeten, wäre mit dem ersten aufreizend störenden Ton davongestürzt wie eben, doch ab jetzt muss ich empfangsbereit sein. Und sitze wieder vor dem Rätsel, wie ein Mensch so empfindlich, so leicht reizbar sein kann, als lägen ihm die Nerven blank, sobald er das Haus verlässt, unter Leute gerät, Leute, von denen der eine oder die andere ihn kennen, schlimmer noch, bloß erkennen könnten. Klar, natürlich, hypersensibel, was weiß man schon. Denn wieviel Gramm an Gespür war da nur in ihm, gar an Mitgefühl für die Person, die er eben vor den Kopf gestoßen, ihr eine unnötige wie überflüssige Niederlage zugefügt hatte, an die sie womöglich ihr Leben lang denken wird, wie ich mir einbilde: Erinnerungsschübe, plötzlich in ihr aufbrodelnd, doppelt enttäuscht von der eigenen Biederkeit und vom Verhalten des Menschen, den sie am stärksten in ihrem Leben verehrt, ja vergöttert hatte, und wenigstens zu dieser Verehrung würde sie trotz allem stehen bis zuletzt. Genie und Wahnsinn, unzurechnungsfähig zwischen Tür und Angel, dagegen sorgsam über alle Maßen im Umgang mit seiner Kunst, den von ihm studierten und nach erbitterten Proben aufgeführten Partituren. In meiner Agentur hantiere ich täglich mit solcherlei Sprüchen, ohne sie ganz ernst zu nehmen, ich tue das aus Kalkül, um meinen Verhandlungspartnern etwas anzubieten, schließlich wollen wir beide etwas voneinander. Und das wäre? Die dickste Schnitte aus dem tonnensüßen Kuchen des Ruhms, der meinem Schützling Marus Lorbert absolut zuwider ist, weshalb er kürzlich einen Artikel über ihn samt Foto im BBC Music Magazine, den ich ihm hinlegte, sofort von sich stieß. Und doch wurde ihm heiß und kalt, als er sich nicht länger zierte und mir wenigstens zuhörte, nur halb so zerstreut, wie er tat, während ich ihm erläuterte, was im Artikel stand, ihm, der bestens Englisch spricht, ebenso Französisch und mit Francesco im Rialto fließend Italienisch.

»Hast du das Kuvert zerrissen. Oder willst du mich nie mehr wiedersehen«, eine SMS ohne Fragezeichen, ohne mlg oder mfg, untreu und brav ausgetippt: »Dein Marus Lorbert«. Immerhin »Dein«, wenn auch förmlich mit Nachnamen. Das Kuvert hatte ich längst geöffnet, die Lasche war nur eingesteckt, aber selbst zugeklebt hätte ich mir den Inhalt nicht entgehen lassen, Neugier ist eine philosophische Tugend, und ein Agent muss die Zügel in der Hand behalten. »Ich kann es Ihnen nur auf diese Art sagen, wie sehr ich Ihre Kunst bewundere.« Der Punkt war durchgekreuzt und der schlichte Satz, ebenfalls handschriftlich, ergänzt worden: »und was da kommen werde, immer im Gedächtnis halten werde.« Vielleicht wäre ein Komma angebracht gewesen, unterschrieben jedenfalls hatte Franziska Wertheimer. Und das war der Nachname dieses Soloklarinettisten, der vor knapp vier Jahren in den Tod gesprungen war, vom Dach eines Hochhauses, aus dem dann Liebhaber melodramatischer Gerüchte das Haus des Bayrischen Rundfunks machten. Es durchschüttelt mich jedes Mal, wenn ich mir den Aufprall seines Körpers auf das Pflaster vorstelle, da ist mir, als müsse der Stein mit erbeben und tut es nicht und bleibt unerschütterlich Stein, steinharter Stein. »Wir sehen uns nächste Woche«, gab ich Marus Lorbert per SMS zurück, »dein Zechenbegleicher« – wobei er, wenn er das liest, so sicher wie ich jetzt, daran denken wird, dass ich an seiner Karriere prächtig mitverdiene. Wahrscheinlich kam der Scherz bei ihm trotzdem an, er mag Scherze, solange sie ihn nicht beleidigen, und ich sitze ja immer noch ohne Unterschrift von ihm da, handle ohne sie in seinem Namen Verträge aus, Gagen, zusätzliche Bedingungen und kämpfe um mildernde Begleitumstände. Meine Agentur hat nur eine Mitarbeiterin, Viviane, Halbtagskraft, hochbegabt und um einiges charmanter als ich. Größere Agenturen würden solch ein vertragsloses Verhältnis gar nicht erst anstreben, aber diesen Gangstern, Gaunern und Räubern, so Marus Lorbert, fehlt ohnehin, was mich ausmacht: das Gespür für Größe, für das zwangsläufig Unwägbare, das nicht Kalkulierbare bis völlig Überspannte von wahrhaft bedeutenden Künstlern. Und einmal mehr hatte ich den lähmenden, dann nach einer Schrecksekunde mich beflügelnden Eindruck, Marus Lorbert könne meine Gedanken lesen, als zwei Tage später seine nächste SMS auf meinem Handy erschien: »Ich mache es, aber unterschreibe nichts. Dein Teilchenbeschleuniger«. Also du entkommst mir nicht, hab ich mir da gedacht, ich unterschreibe, und du trittst an, vor der Tschechischen Philharmonie, mit deiner Auffassung von Mozarts g-Moll-Sinfonie, mag es bei ihr um Leben oder Tod gehen oder nicht. Sicher brauche ich dich mehr als du mich, doch das gereicht dir nicht zum Vorteil. Es gereicht dir auch dann nicht zum Vorteil, wenn du praktisch über Nacht vor einem Konzert für dein Dirigat die doppelte Gage vom Veranstalter verlangst und ich das einrenken und hinkriegen muss. Du machst nie, was ich dir sage, so er. Wer sagt das zu wem, so ich, du zu mir oder ich zu dir?

Würde ich mir nicht eine Menge auf mich einbilden, auf meinen Geschäftssinn, mein gepflegtes Äußeres, auch das kann helfen, mein Einfühlungsvermögen, also mein Talent, andere auf der Stelle zu durchschauen, noch bevor sie die Tür hinter sich geschlossen haben, egal ob in meinem Büro, ob bei einem Empfang, ob auf einer öligen Party, indem ich sie ins Auge fasse, ach was, indem sie mir wie von selbst ins Auge springen: Ich würde mich nicht hierher setzen, um über ihn zu schreiben, meinen Schützling. Wie viele sehen in ihm ein Genie, einen genialen Dirigenten, auf den sie nichts kommen lassen, von dem sie zehren, weil sie seine Erscheinung für sein hoch komplexes Wesen halten, seine alle und alles überstrahlende Begabung, weil sie gern neben ihm stehen oder vielmehr stünden, wenn er mit dem Ausklang des Konzerts aus seinem Überschwang, aus seiner Trance erwacht und sich ungelenk wie ein Schulbub unter dem Beifall duckt, der auf ihn herein prasselt wie ein Platzregen durch das geschlossene Dach. Und dabei kennen sie ihn alle, selbst alle Orchestermusiker nur halb so gut wie ich ihn kenne. Schon bevor ich ihn unter die Fittiche nahm, habe ich ihn aus der Nähe der vorderen Saalreihen, die keine wirkliche Nähe ist, beobachtet, hat sich mir seine schlanke und für einen Dirigenten große Gestalt, scharf umrissen wie ein Scherenschnitt, in die Netzhaut eingebrannt: das schwarze Outfit, eine Art Kampfanzug mit gut sichtbar aufgenähten Taschen, ein Guerillero unter Kronleuchtern, ich übertreibe, Frack ist ohnehin von gestern, aber die Tradition ist auch von gestern, jedenfalls für ihn, das war offensichtlich, die Tradition war das nie ganz gelungene Konzert vom Tag zuvor. Zwei Opernabende lang, knapp seinen Hinterkopf aus dem Orchestergraben samt seinem »Wozzeck« wie am Untergehen vor Augen, war ich unschlüssig, ob ich ihm, gerade ihm, wenn nicht sogar mit ihm, den Laufsteg in die bedeutenden Häuser auslegen könnte. Ich habe mir dieses Zögern geleistet, ich spielte da nur noch mit meinen Eindrücken, spielte mit meinen Erfahrungen wie in seinem Revier der Tiger mit der Antilope und wusste doch, in Marus Lorbert steckte selber eine Raubkatze. Komm her, mein Genie, mein Wahnsinniger, mein Durchgedrehter, Freund oder Bluffsack, erst armer, dann reicher Irrer, du durch das verfilzte Gelände des Ruhms Irrender! Du hättest dich längst darin verheddert, wärst von einem hinterlistigen Treiben ins nächste geraten, von der erkauften Größe zur gekauften Größe, ohne mich hätten deine Neider dich aus den großen Sälen gedrängt, mit deinen Lackschuhen zurück auf die knarrenden Podien der provinziellen Orchestergräben.

Eines kannst du nicht, dich vor dem Publikum spreizen, den Maestro auf rotem Teppich spielen, du willst es gar nicht, wirst es niemals wollen, sicher niemals können, du willst nur, nur, was heißt nur? Stehst du in der Probe am Pult, willst du erklären, was dir vorschwebt, was zu erreichen ist, was das Orchester erreichen muss, und wie dir das gelingt, inzwischen, du hast Zeit gebraucht, um zu wissen, wie du vorgehen musst. Auch wenn du bis heute immer mal wieder den Unsicheren abgibst: für dich ist ein Orchester das vielstimmige, alle Klangfarben umschließende Instrument des Dirigenten und du hast es in der Hand wie kein zweiter, du erwartest von ihm wie keiner vor dir alles das, was du von anderen nicht verlangen kannst, du kennst auch das, was es von dir braucht. Solche Musiker, die wiederum du brauchst, wollen nicht instrumentalisiert werden, um dem Ruhm des Dirigenten zu nützen, darauf sind sie gefasst, sie erwarten vom Dirigenten eine eigene Sicht auf das Werk, ja sie verlangen eine Vision, und sie wollen mehr als effizient geführt werden, die wahrhaft Guten fordern Respekt vor ihrem Können und ihrem Einsatz. Und du erkämpfst dir die Balance zwischen Vertrauen und Kontrolle, indem du dich nie und nirgends an das Orchester anpasst, darin bleibst du dir treu. Es käme dir nicht in den Sinn, dich mit dem Konzertmeister und zwei, drei anderen zusammenzusetzen und nach einem Mittelweg zu suchen zwischen dem, wie sie bisher gespielt haben, und dem, wie sie jetzt spielen sollen. Für dich hieße das, vor dem Werk zu versagen, gerade weil du weißt, wie gering trotz allem Mühen die Bedeutung des Dirigenten ist, verglichen mit den Schöpfungen, die ein Dirigent zum Tönen und Klingen bringt, und doch leben diese Schöpfungen nur durch ihn, durch dich, ohne dich bliebe das Orchester ein Haufen ratlos Hochbegabter, unschlüssig und uneins blätternd in ihren Notenbündeln.

Darauf hast du gestern Abend wieder beharrt und dazu den Zeigefinger erhoben, auch in Richtung des Barkeepers, der gar nicht wissen sollte, worum es dir ging, bei einem spontanen Whisky ausnahmsweise in der Barchetta Bar, hinter dir die Limmat, auf ihrem schwarzen Wasser die schillernden Lichter der Stadt: an einem der seltenen Abende, die dich so unbeschwert sehen wie das Kind, das du einmal gewesen bist, von deiner Mutter nach Strich und Faden verwöhnt, was deinen Charme, deinen Witz aufköcheln lässt, freilich nicht auf Anhieb, nicht in jeder Umgebung. Ein Wissen und Winden, das musst du gewesen sein, als du anfingst, du hast das nicht haben können, nicht Reife, nicht Abgeklärtheit, gleich an welchem Punkt der Skala deines bisherigen Lebens, wie auch?, hinein mit dem Fünfer ins Phrasenschwein, wir sind beide keine Trinker, nur empfindliche Leute. Du hast dich wieder mal schlecht behandelt gefühlt, kurz bevor wir gingen, vom Barkeeper, der allerdings einen guten Ruf genießt und uns, was du nicht wolltest, wie Stammkunden bedient hat, umstrahlt von den glänzenden Flaschen hinter ihm, auf der matt sich spiegelnden Wand, ein popeliger Ruf im Vergleich zu deinem Ruf, deinem Ruhm, das Publikum stürmt die Konzerte unter deinem Dirigat, aus Berlin und Wien reist man heran, um Marus Lorbert zu erleben, ausverkauft sind die Häuser schon Wochen vor deinem Auftritt.

Trotzdem gibt es auch andere, nicht ganz beiseite zu lassende Leute, auf der Bühne und dahinter, die dir misstrauen und an ihren Gründen feilen, um über dich den Kopf zu schütteln. Das Aufsehen, das du erregst, bisweilen mit Absicht, nehmen sie als Rummel, als Hype, du selber giltst, dein Können gilt ihnen als überschätzt, dein Künstlertum sei nichts als Eigensinn, Inszenierung deiner selbst, Verherrlichung deiner Marotten und so weiter und so fort. Am Eigensinn ist etwas dran, durchaus, und nicht nur was die Musik selbst betrifft, ein Eigensinn, bezogen auch auf die Öffentlichkeit oder die sozialen Medien und auf seine Weise publikumswirksam, gerade weil man Marus Lorbert auf Twitter nicht antrifft, weil er Facebook und Instagram so sehr verachtet, dass er über die Kollegen und Rivalen nur lästern kann, die sich darauf ihrer Followers versichern, ihrer Fallovers. An seinem Image schaffen ist für Marus Lorbert eine Arbeit für Kleingeister oder für die Zyniker in Großagenturen, und nach seiner Homepage braucht mich niemand zu fragen, es gibt da nichts zu verlinken.

Aber er kann sich auch locker geben. Über diesen Spruch zum Beispiel schüttelte er sich vor Lachen: »Morgens springen die Gämsen, am Abend müssen sie bremsen.« Als ich ihn damit begrüßte im Wissen, er werde darauf abfahren, kam ihm dieser Spruch in den nächsten zwei Stunden immer wieder in den Sinn, und er lachte jeweils auf, als höre er ihn zum ersten Mal. Er schätzt Witze, nur müssen sie etwas haben, am besten etwas Makabres, den Tod Überlistendes, das scheint das Einzige am Wienerischen, das ihm gefällt. Auch darüber hat er ausgiebig gelacht: Sagt ein älterer Herr zu seinem Freund aus Schülertagen: »Wenn einer von uns stirbt, besuche ich dich auf dem Friedhof.« Beim Abschied wiederholte er diesen Witz unter der Tür, für mich so unverhofft, dass mich durchfuhr, dahinter könnte tatsächlich ein Wunsch von ihm stecken.

Von der Politik will er sich keine Minute stehlen lassen, ihm reicht, was ich ihm alle vier Wochen beiläufig kommentiere, zumal ich einen Hang zur Zuspitzung habe, den er genießt. Ohnehin könne kein Mensch den Nachrichten entkommen, wo das Radio jede Neuigkeit am nächsten Tag wenn nicht wiederholt, dann variiert oder durch eine neuere ersetzt, die wiederum am Tag darauf entweder wiederholt oder variiert oder durch eine noch neuere Neuigkeit ersetzt werde. Allerneueste Neuigkeiten blitzten jeweils nur kurz auf, Geschehnisse, aber keine Zusammenhänge, Ausflüchte, Lügen und Dementi, wann soll man da einsteigen? Vielleicht am letzten Tag seines Lebens, um auch damit seinen Frieden zu schließen oder um noch mitzunehmen, was alles man sich erspart hatte, ob mit dem meisten einverstanden, ob mit dem allermeisten überkreuz, als Künstler stehe man sowieso aufseiten der Erniedrigten und Beleidigten.

Wer Ohren habe, höre das aus seinen Interpretationen heraus, sicher keine Tagespolitik, auch nicht Kulturpolitik, nein, ihm gehe es einzig um das Gestalterische. Wenn er den Reiz des rauen, irgend feinstofflich schmutzigen Klangs dem reinen Klang vorzieht, dann ist das erfindungsreich und insofern politisch, weil diejenigen, die sich durch ihre Jahre stehlen, ohne sich die Kleider schmutzig zu machen, nichts zu eröffnen, nichts weiterzugeben haben. Inhalte seien nicht steril, höchstens Formen seien das, Formen an sich, und die Musik sei immer mehr als Form, sie rede ohne Worte, sie erklinge und kämpfe mit Inhalten, erhabenen und robusten, mächtigen und zarten Gefühlen, sie sei Rede von etwas, das sich mit Worten nicht, das sich nur durch sie ausdrücken lasse. Musik ist nie ganz rein, sie erklingt am tiefsten dort, wo sie haarscharf vor der Perfektion spielt, sandsteinrau, dreckig wie ein Abenteuerspielplatz, das Schöne kann nicht ohne Risse, ohne Kratzer sein. Als Makelloses ist es unglaubwürdig, also Täuschung, bloßer, bald langweilender Glanz, und doch muss man nach dem Schönsten streben, will man nicht täuschen, auch sich selber täuschen. Wünschenswert ist nur das nie ganz Vollkommene und dass es eine Sicherheit des Gelingens gebe, daran glauben nur die Routiniers.

Ich komme freilich von der anderen Seite und wenn mir mein Terminkalender die Zeit dafür lässt, nütze ich die Gelegenheit, anderswo unter tausend und mehr Leuten zu sitzen, deren Aufmerksamkeit ganz auf das Ereignis, das Eigentliche, das Konzert gerichtet ist. Trotzdem reise ich ihm, dem gefragtesten Gastdirigenten, nicht von Konzerthaus zu Konzerthaus nach, womöglich mit einer Jutentasche und dem orangefarbenen Aufdruck: Fan., also mit Punkt. Solcherart Verehrer finde ich lächerlich, eigentlich auch die stille, auf ihre Weise etwas unheimliche Frau Wertheimer, und das trotz ihres zwiespältigen Schicksals, früh die Witwe eines Selbstmörders zu sein, der vielleicht auch unter Marus Lorbert gelitten hatte. Wer sich derart erniedrigt, um einem anderen, noch so Begabten hinterherzulaufen, statt auf die eigenen Fähigkeiten zu bauen und eigenen Zielen zu folgen, vor dem werde ich mich nie verbeugen. Solche Anbeter und Schwärmer, es sind nicht nur Frauen, sollen meinetwegen damit die Leere in ihrem Innern füllen, sie drängen zur Kasse, Quatsch, sie stolzieren mit dem selber ausgedruckten Billett ins Foyer, lassen sich an der Saaltür von der Kontrolleurin, die nur einen Pseudoblick darauf wirft, ein schönes Konzert wünschen und erwarten nichts anderes als dies, dass Marus Lorbert am Pult alles kann und alles gibt. Ich hingegen weiß, was er alles nicht zu können glaubt und was er bisher nie dirigiert hat, obwohl er es längst könnte, zum Beispiel von Bruckner mehr als die romantische Vierte und die beliebte Siebente, als käme es ihm insgeheim doch auf den Wettstreit mit fast allen anderen an, während er das vor mir weit von sich weist.

Ein Stück der Atmosphäre seiner letzten Tournee habe ich dennoch genossen, als ich in Berlin die Vierte gehört habe, Beethovens D-Dur-Sinfonie, ich wollte aufpassen wie ein Luchs, falls ein Luchs bei Beethoven aufpasst, aber hallo, jeder verfehlt mal sein Niveau, nur macht das nicht jeder sofort wett. Was war ich bis zum Zerreißen gespannt, was habe ich dem Auftakt entgegengefiebert, bei Marus Lorbert wie immer mit nur einem einzigen Zählwert, mit dem er sofort das richtige Tempo erwischt, statt zaudernd mit zwei oder gar drei Zählwerten vorweg, was habe ich da gleich mit dem sachten Einsatz der Streicher den Atem angehalten. Und dann hat's mir fast ausgehängt, so langsam, so zart und doch so bannend wie eine sachte sich annähernde Katze ließ Marus Lorbert die Streicher in das Adagio hineintasten, im ersten Satz sowieso ungewohnt, schon deshalb größte Aufmerksamkeit erheischend, von Flöte und Oboen begleitet, von der Wiederholung wie befestigt, bevor das Thema heran ruckt und zuckt und dann mit einem Laubsturz scheinbar aus dem Nichts herausbricht und dennoch durch jeden Takt angepeilt von Marus Lorbert, der die aufbrausenden Geigen vorwärts peitscht, hinein in eine verwegen ausgespielte, alles andere als schwammige Breite. Marus Lorbert markierte seine Punkte auf der Spitze seines Taktstocks, den er sonst gar nicht bräuchte, seine Energie, sein Kraftstrom aus dem Arm, dem ganzen Körper schossen an diesem Abend wieder durch den Taktstock. Bei hochgehaltenem Tempo entlud sich ein Donner, entstand ein Aufruhr, dazu eine Schärfe, die eine Schäfchenwolke hätte schlitzen können, ein Wehen durchzog das Orchester wie ein Windstoß ein Weizenfeld durchwühlt, sorry für den Stabreim, hat nichts mit meinem Ehrgeiz zu tun zu schreiben. Es hat mit den Philharmonikern zu tun, was ich fühlte und heute noch in mir habe, auch das Inbild meines Dirigenten, wie er die Arme hochwirft, aus einem Taumel schierer Freude heraus, um kurz danach die leise und leiser werdenden Tonwellen direkt abzusegnen. So entspannt habe ich Marus Lorbert weder jemals vorher noch nachher gesehen, während zugleich eine äußerste Konzentration in ihm wirkte, wie mir bewusst war.

Aber ich wollte ja nicht nur ihn beobachten, ihn bewundern, ich wollte mich vom Spiel des Orchesters durchbeben lassen, wollte mich vergewissern, dass ich dabei war, dass ich überhaupt erst da war, mit und für und vor dieser Musik, vor seinem zugespitzten, mal versponnenen, ja vergrübelten, mal dramatischen Dirigat aus dem Adagio hinüber ins Allegro vivace: Die Bläser in ihrem wie selbstvergessenen Auf und Ab eröffnen einen Ausblick auf eine Wiese, den die Kontrabässe unwiderstehlich übernehmen, das aber nicht endgültig, die Bläser halten mit, die Geigen zittern heran. Das Orchester errichtet eine Klangwand, an der es hinauf spielt, an der es sich hochzutoben scheint, bevor es von Marus Lorbert zurückgeholt wird, es ist ein Hin und Wieder, ein Zickzack ohne Zicken und Zacken, es läuft ab, als könne es nur genau so sich in diese Schlussakkorde verlaufen, als seien es Naturkräfte, die sich diesen einen Weg bahnen, wie ein Bach seinen Lauf findet, ohne sich stauen zu lassen.

Dieser erste Satz machte es mir schwer hinzunehmen, dass er auf einmal vorbei sein musste, dass er mich herausholte aus der Klangwelt des grandios mitziehenden, wieder und wieder scharf aufschäumenden Orchesters. Ein zweiter Satz musste entstehen, ja erstehen, nochmals ein Adagio, nun eine Welle der Besänftigung, direkt süß und den Brustkorb erweiternd, die Tonhöhen scheinen leichter zu erklimmen zu sein, was mich seltsamerweise einen Blick nach unten werfen lässt, auf mein festlich glänzendes Schuhwerk. Diese Musik ist für alle und alles da, eine Geigenwoge, herzergreifend, herzübergreifend zieht durch seine scheinbar alles vergebenden Hände hindurch, bis sie Marus Lorbert in träumerisch tänzerische Bewegungen versetzt, er bleibt nicht stehen wie ein klassischer Dirigent, nein, er lässt sich von der Musik, der von ihm geleiteten Musik, dahinein verrücken, wo er dem Klang der Oboe nur noch zu lauschen scheint, endlich, er hätte sonst nichts erreicht, wenn er nicht dahin käme, wie er mir einmal gesagt hat. Und ich kann mir halbwegs vorstellen, wie schwer es ist, dorthin zu kommen, wenn man dazu ein ganzes Orchester mitnehmen, mitreißen muss.

Dann ist ein Hang erstiegen, ist erflogen, man lehnt sich zurück, ich lehne mich vor, die Oboe ist auch mit mir und ich weiß, hier ist ein Moment von Schönheit erreicht, der sich einem, irgendeinem Jenseits öffnet, ja Jenseits, von mir aus götterlos, aber darunter mache ich es diesmal nicht. Vergessen war seine Angst in der Garderobe, sein Gesicht musste jetzt leuchten in einer Art Glückseligkeit, ich konnte das mehr erahnen als sehen, ich weiß ja, was ich spüre, weiß, womit ich handle, wie sonst hätte ich den Erfolg, den ich habe. Oh all ihr Idioten von der scheinbar mächtigen Großkonkurrenz, die ihr nicht wisst, die ihr nicht einmal ahnt, was Beethoven sein kann, von Marus Lorbert einstudiert und mit den Berlinern auf die feinste, unberührbare Weise dargeboten bis zum Verhauchen mit einem weichen Wirbel der Trommeln.

Die Leute um mich herum hüsteln und husten, dann übernimmt das Orchester wieder den Saal mit einem Menuetto, kein ironisch gravitätisches wie in der 8. Sinfonie, aber auch kein Scherzo, sondern in seiner aufhellenden Art eins, das mir offenbar nichts mehr antun, mir nichts im Innern zerreißen will. Wenn es denn einen Schmerz gibt, dann ist es einer, in dem ich schwebe wie in Wasser, ohne nass zu werden, während Schwärme von Geigen über mich hinweg schwemmen und sich die Hand mit dem Taktstock wie zu verblättern scheint, als gäbe es an ihrem Ende etwas zu streicheln oder streichelnd zu beruhigen. Die Geigen erinnern sich an ihren jetzt flatternden Anfang, die Blechbläser brauchen nur zwei Töne, um den Schluss zu markieren, so prompt ist er da. Marus Lorbert schaut nach unten, als läge die Partitur auf dem Pult, aber er braucht kein Pult, keine Partitur.

Auch im schnellen vierten Satz ist das Orchester sofort genauso weit wie er, der wieder zu tänzeln beginnt, nun nicht mehr träumerisch, eher gelöst, dunkles Geschnatter des Fagotts, dann wieder der lichte Blick auf eine Wiese, und wenn es nur meine Wiese ist, die durch ihr Gemachtes hindurch mich bezaubert wie etwas wild Gewachsenes, wie Gewimmel auf der weißen Leere des Notenpapiers, jetzt sommerlich belebt mit Tanzenden und Singenden. Der Satz könnte etwas Ausgelassenes, sich ins Chaos Verfransendes bekommen, erklänge er nicht ausgemacht kontrolliert, ich fühle mich davon aufgesaugt, schneller und schneller, ohne dass mir schwindelt. Nochmals ein Innehalten – und danach kann nichts Schöneres kommen als mit dem letzten Akkord von der Wucht aus den Tiefen des Orchesters voll getroffen zu werden, die Wurzeln, der Untergrund im Innern, erbeben, erste Bravorufe, Marus Lorbert tritt nicht, er fällt sich selber in den Schritt und so vom Podest herab und geht weg wie noch einmal davongekommen, und wird er überhaupt auf die Bühne zurückkehren?

Gegen seine Vierte von Beethoven müssen wir uns mit weiteren Bravorufen regelrecht zur Wehr setzen, wir wären sonst auf alle Zeiten überwältigt gewesen, und so stimmten wir ein in die Größe dieses Abends. Die Bravorufe schienen nicht zu enden, und ich rief mit, es war mein Schützling da vorne, und

ich war mal wieder dabei gewesen, saß inmitten der aufge-
sprungenen Menge und klatschte mit, auch wenn ich nichts
leicht Verschmutztes, kein Raues oder Unreines mitschwingen
hörte, oh Marus, demnächst kriegst du von mir was erzählt.
Ich werde dich umarmen wie du Beethoven umarmt hast, der
vom Himmel herabgestiegen sein musste, um bei dir und deinem Orchester zu sein und seine D-Dur-Sinfonie mit himm-
lisch geheilten, tiefst inneren Gehörgängen wie nie in seinem
Erdenleben zu hören.

Ungefähr so habe ich diesen Abend erfahren, an den sich
jede und jeder in der organischen Weite des Saals von Hans
Scharoun anders erinnern wird, obwohl es für alle die eine D-
Dur-Sinfonie war, Beethovens Werk, dem mit Wörtern nicht
beizukommen ist, ein Kunstwerk hat ja immer das so berühm-
te wie rätselvolle Mehr. Das lasse ich jetzt so stehen, strecke
mich und schreite auf Socken zur Hausbar.

Immer wieder habe ich mir vorgestellt, dass Marus Lorbert aus dem Nichts gekommen ist oder aus dem Blau, und er will auch so gesehen werden, tut geheimnisvoll, wenn ich ihn nach Einzelheiten seiner Herkunft frage, und gibt mir heute diese und morgen jene Antwort. War da nicht ein Schiff, ein Ozeandampfer, einer der letzten eleganten Transatlantikliner, mit dem seine Eltern übergesetzt sind? Oder ist es doch eine Maschine im Linienflugverkehr, die bis Europa nicht mehr Tage brauchte, sondern nach Stunden in Frankfurt landete und in der seine Mutter seine zwei Jahre ältere Schwester unter dem Herzen trug? Darüber redet er lieber in Rätseln, es soll genügen, dass er auf einmal da war, auf dem Schoß seiner Mutter ein Kind wie unzählige andere. In den Innenstädten sind nach dem Krieg helle Wohnblöcke hochgezogen worden, die frühen Rasterfassaden sind bereits abgelöst von Vorhangwänden und diese mehr und mehr aus Glas. Provisorische Werk- und Lagerstätten, von wenigen Händen erstellt, sind dem Erneuerungstrieb aller geopfert und beseitigt, seltene Prunkbauten entstehen, Kaufhäuser erstrahlen in modernistischem Glanz. Die Museen und Konzertpaläste sind saniert und mit maßvoll prächtigen Eingangsfronten versehen, wodurch man wieder stolziert, wieder große Welt spielt. In den Theatern und Konzertsälen herrscht noch eine Kleiderordnung, das festliche Schwarz gibt den Ton an, und es rühren sich die ersten Provokationen dagegen, aufmüpfige junge Leute, die sich in verwaschenen Jeans vor der Abendkasse sammeln und unter die mild gedimmten Lichter der Foyers drängen, so sie denn hineingelassen werden. Währenddessen nuckelst du am Daumen und weder Vater noch Mutter ahnen, dass du einmal vor die Orchester der Welt treten wirst, sie dir unterwerfen, sie mitreißen wirst, und wenn dann irgendwer bessere Kapellmeister aufzählen wird als dich, dann werden die meisten schon gestorben sein.

Später gehst du durch die Städte wie durch kleine experimentelle Filme in feinkörnigen Farben, es sind die Orte für Zwischentöne, die neuen Straßenbahnen gleiten fast ohne Geräusch in den Schienen fort, in Basel hat man die ersten Busse mit Erdgas gestartet, auch schon wieder fünfundzwanzig Jahre her. Noch hast du etwas zu beweisen und wirst es tun, und doch bist du dir nicht sicher, wem du das beweisen willst außer dir selber, dir, deinem größtem Widersacher bei der Sicht auf die Partituren aus der Ausleihe, die du studieren, überprüfen und durchdringen wirst. Wo immer möglich wirst du nach den Autographen verlangen, die man dir anfangs nur widerstrebend vorlegt, mit weißen Stoffhandschuhen dir mit deiner Lupe, dir mit deinen frechen Ansprüchen. Noch bist du blutjung, bist schlicht gewohnt, mit dem öffentlichen Verkehr das Theater aufzusuchen, wo du niemand aus dem Weg zu gehen brauchst, der dich zu herzen wünscht, um das eigene Selbst zu stärken, ob bescheiden tuend, ob mit Pomp und Gloria und Händedruck, gar den Ruf nach Champagner auf den Lippen. Doch spürst du schon, was schlimmer ist für dich, wem du dich gar nicht erst aussetzen willst oder wovor du davonstürzen wirst in deiner steten Bereitschaft, bei der erstbesten Kränkung aus der Haut zu fahren, unsicher und anmaßend zugleich.

Soviel ich weiß, pflegte der Korrepetitor Marus Lorbert seine doppeldeutige Haltung gegenüber Hotelzimmern, er fühlte sich dort im Abseits und schlecht versorgt, zudem nicht anerkannt, schon gar nicht in seiner labilen, künftigen Größe geachtet, wenn ihm ein Portier so freundlich wie ahnungslos den Schlüssel reichte. Umgekehrt konnten ihn diese Zufluchtsorte beruhigen, die einladende Nüchternheit von sauberen, auf kurze Zeit gemieteten Wänden, von gestritzten Spannteppichen, selbst die rührend überflüssigen Willkommensschnipsel mal auf einer Schreibunterlage, mal vor dem Kopfkissen mit Knick halfen ihm, wenn ihm am nächsten Morgen ein Termin drohte zum Vorsprechen, zur Probe und bald zu ersten Premieren. Noch hatte er von einem seiner ersten Auftritte, Tournee wäre zu viel gesagt, nicht die Marotte aus Japan mitgebracht, Zimmer mit der Nummer 4 zu meiden, wo die Vier, gleich lautend wie das Zeichen für Tod, dort ähnlich wegbugsiert wurde wie vor dem Weltkrieg die 13 aus amerikanischen Hotels.

In diesen ersten Jahren musste Marus Lorbert den Terminen folgen, statt dass er sie vorgab, und er warf seine Beklemmung, seine Zweifel, seine Angst zu versagen in der Heimlichkeit solcher Unterkünfte ab, schon die gedämpften Stimmen auf den Fluren hinter den verschwiegenen, vieles überstanden habenden Wänden konnten ihn beruhigen, die Menschen in diesen Zimmern hatten nichts mit seiner Suche nach dem wahren Orchesterklang zu tun, nichts mit präzisen Tempi, mit sekundenlang gestrecktem Rubato, mit Stimmführung oder Taktarten. Die ahnungslosen, im Geflüster verschwindenden, ins Gelächter überspringenden Stimmen sprachen nicht von ihm, nicht von der Musik, wie sie in ihm ist, von Geburt an, im Mutterleib vernommen, bei den Proben eines Frauenchors, in irgendeiner Gegend der Welt. Solcherart Töne, behaupte ich mal, machten ihn zugänglich für alles Weibliche, sie machten ihn vielleicht sogar wehrlos dagegen, ich höre das aus beiläufigen Wendungen von ihm heraus, ich passe da auf wie ein Luchs, schon wieder. Ein weicher, in sich verhangener Gesang, durch die Bauchwand der schwangeren Mutter gedämpft, die Eleganz einer wie unbedacht gesungenen Sequenz, später wiedertönend in einer neu gewonnenen, nach aufopferungsvollen Proben durch ein Unendliches gegangenen Anmut, ein Wohlklang, mit dem der bis dahin mühsam zurückgelegte Weg in einen Gipfelsturm überspringt.

Und solch einen Weg sieht ein von der Musik ins Innerste getroffener und von dort ihr direkt erwidernder Künstler wie Marus Lorbert von früh an vor sich. Alles in ihm wehrt sich zu verstehen, warum dieser Geiger und jene Cellistin, obschon sie es wieder und wieder versuchen, nicht umsetzen können, was er von ihnen fordert. Von daher rührt, behaupte ich, die Macht der Überleuchtung, nicht der Überzeugung seiner beschreibenden Vergleiche und Bilder, die sich in den Proben sicher wie in alten Filmen überblenden, was Solostimmen und was Tuttistimmen, selbst über den gehobenen Durchschnitt hinaus talentiert, einzustudieren nicht gewohnt sind. Aber es ist genau das, was die Musiker in besten Orchestern und ebenso die Musikerinnen, noch immer in der Minderzahl, an Marus Lorbert fasziniert, während er vor ihnen an seinem Taktstock zupft und drückt, als wollte er sich an dem Ding in seiner Hand beruhigen oder es gleich zerbrechen vor Ungeduld. So stelle ich mir ihn vor, ich dränge mich ja nicht in die Proben, aber ich weiß, wie er redet, reden kann, wenn es ihn erfasst hat. Und ich weiß, wie ich dabei mithalten kann, durch meine Stimme, mein Gespür für seine Wellenlänge, seine wortreichen Bilder, in die ich kürzlich beim Beschreiben seiner Vierten in Berlin selber verfallen bin, ohne sie, keine Frage, in ihren Besonderheiten zu erreichen. Trotzdem bin ich ihm näher gekommen als es die anderen je waren, diese aufgeblasenen, super von sich überzeugten Vermittlungshaie, die sich in Wahrheit leicht, viel leichter als sie glauben, in jede Untiefe ziehen lassen. Von ihnen hatte Marus Lorbert früh nichts erwartet, er ist ihnen nichts schuldig geblieben und seit ich mit ihm arbeite, muss er ihnen nicht mehr im selben Raum begegnen, ohne dass er wahrnimmt, wie viel Arbeit daran ist, mich gegen die Organisatoren, die Eventmanager zu behaupten, die inzwischen auf ihren inneren Knien vor ihn hin rutschen, um ihn, den Blick auf seine Schnürsenkel gerichtet, in blitzenden Lackschuhen auf den Bühnen ihrer Häuser stehen zu sehen, selbst dann, wenn er sie wieder und wieder abblitzen lässt. Immerhin hat sich herumgesprochen, dass mir gelungen ist, ihm nahe zu kommen, ganz und gar nicht unterwürfig, nicht beflissen, nein, ohne Aufhebens, nach lockerem, ironisch durchbrochenem Gespräch über tausenderlei Dinge, Popmusik und Fußball eingeschlossen, etwa über Werder Bremen, er mag Außenseiter und Bremen besonders, er würde sagen und hat mir mal gesagt, wegen der Stadtmusikanten und des Denkmals, das sie dort haben, und selbst ich weiß nicht, wie ernst er das meint, nur brauche ich es auch nicht zu wissen. Nach einer lässig genossenen Flasche Barolo, nach Handschlag und einem festen Blick in die Augen steht in der Regel der Termin, es gilt, nur noch die Tantiemen für ihn auszuhandeln. Und zu unterschreiben. Und zu hoffen, dass er sich nicht einen Tag vor dem Konzert sterbenskrank meldet, um danach im Joggingdress das Haus zu verlassen. Auch ich habe meine Unkosten.

Marus Lorbert rückt ungern aus der Deckung heraus, er ahnt, ihm schwant, dass er dann nicht mehr zurückfindet, ein Bruch, ein Schnitt, ein Skandal, ein Affront sondergleichen, etwas in dieser Art war immer mal wieder die Folge, ein heftiger Nachteil für ihn zur Unzeit, und ob es eine Zeit dafür gibt, dazu später mehr. Und doch zündelt er gern, vielleicht eine Flucht nach vorn, steht er erst am Pult, lässt er sich fortreißen von den Impulsen, die sich unter dem Druck seiner immensen geistigen und körperlichen Schaffenslust in sprühenden Funken aus dem Orchester entladen, nicht bloß über die ersten Reihen, sondern über den ganzen Konzertsaal, bis hinauf in den dritten Rang zu den billigsten, von schwindelfreien jungen Menschen ergatterten Plätzen, und er schafft ein kaum hörbares, gerade dadurch tragendes pianissimo, wie es die Streicher nicht leicht und die Holzbläser erst hochkonzentriert mit exakten Einsätzen erzielen, mitgerissen von den Staccato-Techniken, den oft so schweren Staccati für Klarinettisten. Es reißt mich selber fort, ich würde sonst nicht weiterschreiben, würde mich der Leere ausliefern, die sich in mir ausdehnt, wenn ich mitten in der Nacht erwache und alle Termine auf Wochen hinaus erledigt scheinen, was zum Glück, auch zu Vivianes Glück, immer seltener vorkommt.

So bleibe ich dran, die Finger ticktacktippen über die Tastatur, wie bei einer Kür, Absturzgefahr links hinab, rechts hinab, wer wäre ich, würde ich diesen Kitzel nicht suchen! Ein lebensfroher Kerl wie ich liebt die Tiefe, deutsche Tiefe, nur zu vergleichen mit der russischen, Mahler mit Schostakowitsch, Borodin liebt Beethovens Streichquartette und Liszt, Tschaikowsky vertont E.T.A. Hoffmann, und da fährt mir der Gedanke dazwischen an diesen Sprung vom Dach eines Hochhauses, ein schreckhafter Ruck vor diesem persönlichen, selbst von der Frau, von Frau Wertheimer nicht abzuwendendem Unglück, wenige Jahre nachdem Marus Lorbert auf der Grenze zu leben begann, der Grenze zwischen Selbstüberschätzung und bangster Begierde nach Anerkennung. Kaum in erster Anstellung, behauptet er sich auf dieser Grenze auch mit seiner sachten, wie schüchtern sich nähernden, lockend beharrlichen Stimme, ähnlich der eines legendären Schauspielers, dem er auch äußerlich ähnelt und dessen lebenslange Weigerung, je das zu verraten, was für ihn Kunst war, er teilt; das Schild am Tor vor dessen Grundstück könnte heute an Marus Lorberts Tür hängen: »Gewährt, dass ich ersuche, keine unangesagten Besuche.« Dieser Schauspieler konnte einen Herzanfall derart hinreißend gestalten, dass der Regieassistent nach dem Notfalldienst rief, aber Jahre später war dann niemand auf dem Set gewesen, als zu sterben keine Kunst mehr war, im Hotelzimmer, vor der Mini-Bar, während einer Vortragsreise.

Ob ihm so etwas auch passieren könnte? Marus Lorbert ist dem Alkohol nicht verfallen und nimmt sein Lauftraining, bin versucht zu sagen, tödlich ernst, aber den Horror vor jedem Auftritt kennt er auch, die Krise bis zur Lähmung, bis kurz vor dem Zusammenbruch, und die letzte, die einzige Rettung davor ist die Flucht hinaus in den Saal, vor das lauernde Orchester, im schwarzen Kampfanzug mit dem Rücken zum duldsamen Publikum. Eben darum, behaupte ich, geht er schwimmen und joggen, bloß kein Schwächeanfall in der Garderobe, kein Sturz von der Bühne, kein Infarkt auf dem Rücksitz im Taxi nach dem Konzert, wenn die Anspannung weg ist, wenn er durchatmen könnte, wenn er, von allem Druck befreit, stattdessen in sich zusammensinkt. So etwas hört man immer mal wieder, Herzschlag nicht inmitten eines intensiven Arbeitsjahres, sondern am Ende der Ferien von dieser Arbeit, auch ich achte darauf und halte die paar Kilo zu viel im Gürtel, damit sie keinem, keiner! auffallen. In einem Jogginganzug ginge ich trotzdem nie aus dem Haus und musste mir das Lachen verkneifen, als Marus Lorbert in mein Büro geplatzt ist, das er selten beehrt, ich habe mich beherrscht, um nicht Viviane im Türrahmen hinter ihm zuzublinzeln, wundervoll ihr ratloser Blick auf das schweißgetränkte Trikot, die nassen, wie eben geduschten dunkelblonden Haare. Mit einer vom Keuchen übertönten Stimme gab er zu verstehen, dass ich es sei, dass er mit mir der Einsamkeit des Langstreckenläufers entrinne, nur könne er mich jetzt, im Schweiße seines Angesichts, nicht umarmen.

Danach verstieg sich Marus Lorbert in die Vorzüge des Laufens, das ihn nach mehreren Kilometern in einen anderen Zustand versetze, die weltliche Variante der Trance, in der er, wenn's bloß gelingt!, beim Dirigieren schwelge, in der total bewussten Abwesenheit auf Läufen durch Straßen, Parks und am See entlang, bis er vor der ersten roten Ampel wieder zu sich finde und wisse, dass er etwas absolut Notwendiges für seinen Beruf, seine Berufung getan habe und weiter tun werde. Er brauche einen leistungsfähigen Körper, topfit für den Abend im Konzertsaal, den er nicht angehen könne und erst recht nicht überstehen würde, ohne sich zu verausgaben, buchstäblich ein Ausgeben von sich an andere, das Publikum hinter ihm, eine Vergabe auch an andere, und jetzt müsse er weiter, der Schweiß erkalte ihm auf der Haut, und er käme nicht wieder in den Rhythmus für den letzten Kilometer. Außerdem sähe er mir an, dass er geschwind wie der Wind an Fräulein

Schermer, er gefiel sich gelegentlich in altmodischem Getue, an Fräulein Schermer vorbeihuschen müsse, sodass sie, mein lieber Mann, dass es, es, das Fräulein, von ihm nicht sagen müsse, sie könne ihn nicht riechen.

Nicht nur wird allerhand über ihn berichtet, sondern auch gelästert und gelogen, und dabei hat er weder als Despot begonnen noch ist er einer geworden, mein Marus Lorbert, jetzt in Kleidern auf dem Bett seines Hotelzimmers und allein, wie er sich als Kind oft gefühlt hatte und wie er es nie mehr sein wollte, das hatte er sich geschworen und spielte diesmal nicht den Rätselkönig vor mir, er mache es anders als seine Eltern, die sich scheiden ließen, früh genug, um einen schweren Schatten auf seine Jugend zu senken, er strebe erst gar nicht an zu heiraten oder höchstens in einem zweiten Leben. Aus diesem Schatten wuchs er mit der Zuversicht heraus, dass er seinen eigenen Weg gehen werde, auf einem schmalen Steg über einen Talgrund, der ihm keinen Boden zu haben schien, einmal straucheln und er würde fallen und fallen und nie und nirgends aufschlagen, bis ihn der Schrecken über diese ihn erwartende Endlosigkeit mit eisigen Armen umschlänge. Ich blickte diskret nach der Flasche, nein, alles bestens, E.T.A. Hofmann und sein schauspielender Freund Devrient in der Weinstube Lutter&Wegener wären da längst bei der dritten angelangt.

Marus Lorbert schmiss das widerwillig angetretene Studium der Rechtswissenschaft, der Rechthaberei, es würde ihm anders ergehen als den Vielen, die mit Blick hinauf zum Parnass das Verlegenheitsfach deutscher Künstler, Dichter und Denker gewählt hatten und zwischen zerknüllten Manuskripten und angenagten Notenblättern im Papierkorb der Kulturgeschichte gelandet waren. Selber bin ich ihrer aller Seelen gnädig, ich liefere ja nichts an den Markt, ich verfüge über den Markt, ohne dass ich Skrupel vor ihm spüren würde, vor Marus Lorbert, meinem mir teuersten Dirigenten. Die Leute brauchen dich, nicht mich, die Menschen, die Hörer, die Musikliebenden, wenngleich sie nie für die Musik sterben würden wie du, das sei an dir, der du jetzt den Lift hinunter in die Hotelbar nimmst, du brauchst keine Gesellschaft, nicht mal eine, in der dich niemand kennt, du willst einfach nicht das zweite Zahnputzglas für den Whisky aus der Mini-Bar verwenden. Auch darin bist du eigen und möchtest zuvorkommend behandelt werden, mit gebotener Zurückhaltung vom Barkeeper, hier ist dein Schlummertrunk, und danach schläfst du trotzdem schlecht und überhaupt, ich zahle nicht drauf an dir.

Kinder habe ich keine, nicht einmal eine Schwester habe ich wie er, die Gefährtin seiner Kindheit, die Person, die er am nächsten an sich herankommen lässt, die freilich seinen Sinn für alles Musikalische nie geteilt hat und auch heute nicht teilen kann, seinen radikalen Sinn für die höchste menschliche Ausdrucksform. Elenora war ihm trotzdem beigestanden, als der große Abwesende, ihrer beider Vater, ein Spitzendiplomat, mehr in Botschaftsgebäuden zuhause als im Esszimmer seiner Familie, ihn davon abbringen wollte, Korrepetitor zu werden, Dirigent zu werden. Niemand auf der Welt wartet da auf dich, du beherrschst so viele Sprachen wie ich, ich kann das alles regeln für dich, deine Karriere im diplomatischen Dienst, so wird er gesprochen und geschmeichelt haben, und das hätte Marus Lorbert annehmen können, nur wollte er es nicht, der Herr Sohn wollte hier stehen, in der Hotelbar, und es bei dem einen Whisky bewenden lassen, am Vorabend des Gesprächs über ein Engagement im nächst größeren Haus. Er könnte den Barkeeper in seiner nächtlichen Routine, seiner vergüteten Einsamkeit mit ein paar Musikerwitzen unterhalten, aber er verachtet Witze über Bratschisten und Tubisten, über unbegabte Sängerinnen und anmaßende Pianisten, wie sie in jeder Theaterkantine umlaufen, gar in kleinen Geschenkbüchern gesammelt werden, mit denen sich leicht auf scheinbar gebildete Weise über andere spotten ließe. Besser, es wird einmal Anekdoten geben über ihn, als dass er Anekdoten von anderen zum Besten gibt, aber eigentlich ist ihm das gleich, sagt er sich wieder auf seinem Zimmer, während er die Hosen so in den Halter klemmt, dass die Bügelfalten erhalten bleiben.

Am nächsten Morgen, eine Bauform des Erzählens oder ein Bauförmchen wie:»Im darauffolgenden Winter...«, auf fünf Semester Germanistik habe ich es gebracht, immerhin, im Nebenfach Musikgeschichte, und so eitel wie damals meine Professoren bin ich allemal. Am nächsten Morgen also ersucht Marus Lorbert den Mann am Empfang mit einer Ungeduld, die er der eigenen Nervosität verdankt und die er nicht auf den anstelligen Herrn Mitte fünfzig abwälzen kann, ihm ein Taxi zu rufen, die einladende Geste, sich zu setzen, übersieht er und geht im Foyer auf und ab, als könne er sich nur noch verspäten, wo ihm nichts wichtiger ist, als punktgenau zur Probe im Saal anzutreten. Wäre für ihn das nebensächlich, könnte er den Taktstock gleich aus dem Fenster werfen, es geht ihm um alles, und dieses Alles ist das, was er in den kommenden Stunden einstudieren und auf jeden Fall durchsetzen will, obwohl sich das, könnte ich ihm zuflüstern, für das Gros der Abonnenten damals noch wenig von dem unterschied, was dieses Gros landauf landab in die Konzerthäuser zieht, zum Pausensekt am Stehtisch, samt dem Grüßen hier, dem Grüßen dort einer Handvoll ewiger Konzertgänger, aber hallo, mir geht es heute kaum anders, bevor ich mich durch die Reihe zwänge hin zu meinem Platz. Ich kenne diese Momente, die den ersten Abend des freien Wochenendes strukturieren, die gehobene und doch unbelastete Anspannung, auch ich verspüre den Anhauch von etwas, das bei aller Proberei unvorhersehbar bleibt, das mehr ist als erwartbar, hohe Kunst, schon wenn ich mit Viviane in der Agentur das Thema freier Abend anschneide. Es bleibt ein anderes Erlebnis, als daheim eine CD in den Player zu schieben, Viviane stimmt mir da immer zu, die Töne sind unabänderlich eingebrannt, werden nie auch nur um eine Färbung anders klingen, indes knapp vor dem Konzert, wie bekannt das Werk mir sein mag, für mich in greifbar naher Zukunft nichts so offen ist wie dieses Werk.

An all das denkt Marus Lorbert auf dem Rücksitz im Taxi nicht, er kennt schon die unruhige Nacht vor dem Konzert und die erlösende Nacht danach, kennt schon den Applaus, die Glückwünsche von ungeheuchelt Begeisterten, die nicht wissen können, warum er unzufrieden ist mit dem Dargebotenen, mit dem von ihm selber Erreichten, wenn das aufgeführte Stück zum letzten Hauch geworden ist, zur großen oder kleinen Sterbensterz der einstudierten Konzeption. Wie rasch ist dieser Nachhall noch jedes Mal für ihn verweht, wie rasch entrückt die geglückte Übereinstimmung, das beseligende Einssein mit dem, was ihm während der angeregten Proben vorgeschwebt hat, entrückt in die Ferne des nächsten, des übernächsten Konzerts, des Niemandskonzerts.

Partituren, sagt er mir, sind keine toten Notenbilder, sind innehaltende, zum Einhalt gebotene Vulkane, nur von wenigen zum Sprühen und Lodern, zum Feuerwerk zu bringen, und vielleicht gehört er selbst nicht zu diesen von den Göttern oder den Musen Auserwählten. Er kann sich denken, er glaubt, er könnte sich denken, mit der Musik aufzuhören und in die Anonymität eines Imbissbudenpächters einzutauchen, eines Briefträgers, Taxifahrers, sollte er seine eigensinnigen Vorstellungen nie einlösen, die von ihm verehrten, allesamt toten Vorgänger nie einholen, gar übertreffen können, weil er sich dazu selbst übertreffen müsste. Sollte er noch zwei Jahrzehnte länger hinter ihnen zurückzubleiben, nur damit der Konzertbetrieb weiterlief, weltweit weiterlief? Dazu brauche man ihn nicht, und dazu brauche er den Betrieb nicht. Ob er es seiner Strenge gegen sich, seiner Unbeugsamkeit zum Trotz auch nur eine Woche hinter der Theke einer Imbissbude aushalten würde? Auf einem leise surrenden Elektromoped mit Packen von Briefen im Nacken? Den halben Tag untätig wartend an einem Taxistand? Dreimal Nein.

Hier auf dem Rücksitz wundert er sich darüber, warum er sich nicht neben den Fahrer gesetzt hat, wäre wohl ein Zuviel an Nähe geworden, wo ihm dessen Bemerkungen, mit geneigtem Kopf nach hinten gebrummelt, zu dummen Lenkern um sie herum, nur auf die Nerven gehen. Wenigstens kann ihm in einem Taxi nach der morgendlichen Stoßzeit nichts, na, jedenfalls kaum etwas passieren, selbst wenn sich das Maurice Ravel auf dem Weg zum Hotel auch gedacht haben mag, bevor ihm auf der Kreuzung die zersplitternde Trennscheibe drei Zähne ausschlug und drei Rippen eindrückte. Aber dieser Zusammenstoß war nachts um eins in Paris geschehen, und Marus Lorbert kommt nicht von einem Konzert, er fährt zur ersten Probe, zum Gastdirigat an der Mannheimer Oper, und außerdem ist er niemandem etwas schuldig, der Fahrpreis geht auf die Spesenrechnung, sofern er nicht vergisst, sie einzureichen, er wird es vergessen, in all seiner Sorgfalt hat er nichts von einem Pedanten, das spüre ich immer wieder, wenn ich mit ihm im Rialto sitze. Und obwohl ich nie bei ihm daheim gewesen bin, schwant mir, dass er seine kühne und absolut nicht peinliche Genauigkeit allein auf die Musik ausrichtet, während in seiner Wohnung die übliche künstlerisch geniale, eine sorgende Frau sogleich zur Tat aufrufende Unordnung herrscht mit Notenstapeln, losen Blättern, Büchern, Probeplänen, CDs und vielleicht noch offenen Rechnungen und alten Schallplatten. Er hat die meisten Aufnahmen anderer Dirigenten bei sich, unverhohlen neugierig darauf, wie sie es gemacht hatten, um der Selbstbehauptung willen und weil er schwer zu beirren ist, nur von wenigen, aber von diesen umso tiefer beeindruckt. Marus Lorbert kennt keine Nachsicht, weder für Dirigenten, die mit eigenmächtigen Diminuendi oder Crescendi oder Ritordandi posieren, noch für die anderen, die als bloße Verwalter von Noten, Tonarten und Tempivorgaben ans Pult treten. Es wäre ihm ein Leichtes aufzuzählen, an welche Kollegen er dabei denkt, aber er hat sich vorgenommen und es nicht einmal schwören müssen, nie ein Interview zu geben. In den Anfangsjahren, als der Respekt vor ihm noch nicht da war, nicht das Gelüst von Presseleuten, an seinem Ruf zu kratzen, hat das niemand verstehen wollen, mit Interviews hätte er doch seinen Rang befördern können, durchaus auch mit solchen, die aus dem Rahmen gefallen wären, und das wären sie, aber das genau wollte er nicht.

Freilich hat man ihn damals nicht gerade belagert mit Anfragen, man hat sich eher lustig über ihn gemacht, hat an runden Tischen mit halb vollen Gläsern und halb leeren Flaschen über ihn getratscht, dankbar, sich mit ihm einen unsicheren Typen, einen Außenseiter, wenngleich schon keine Randfigur mehr, vornehmen zu können. Heute redet man ernsthaft über ihn, äußert Respekt, lässt ihm, weit entfernt von Abbitten, wie man meint, Gerechtigkeit widerfahren, als wäre er in Reichweite ihrer Urteile, ihrer Vorurteile. Wer über ihn schreiben, sein Können beurteilen will, bitte, ein Marus Lorbert muss das nicht lesen. Wer ihn kritisieren will, der oder die soll sich im Konzert seiner Konzeption öffnen, statt sich von Skandalgeschichten anstacheln zu lassen, von geschmissenen Proben, streikenden Holzbläsern, von einem in den Tod getriebenen Klarinettisten, wer meint, auf der Bühne ließe sich Dienst nach Vorschrift leisten, weine sich im Gewerkschaftsbüro aus. Amen. Er muss angekommen sein. Das Taxameter zählt sein Schweigen nicht weiter und hält ihm den Fahrpreis vor.

Drei Stunden später saß Marus Lorbert wieder im Zug zurück. Abregen hieß die Losung, die Partitur von »La Bohème«, in der er während der Stunden auf dem Hinweg seine Bögen und Gabeln nachgeprüft, geändert und ergänzt hatte, blieb im Handkoffer. Was an ihm nagte: Er war ausfällig geworden, hatte von einem Scheißhaus gesprochen, das er schon von dort kenne, woher er angereist sei, und hatte somit gleich zwei Häuser schwer beleidigt. Nicht dass sein Gastspiel geplatzt war, erschütterte ihn, nicht der Auslöser für seinen brüsken Abgang, auch nicht das absolut fehlende Gespür seines Gegenübers für die unausschöpfliche Größe von Puccinis Oper, den reinen Schmelz dieser Musik, es war die Art, wie er ausgerastet war, wie er, einmal aus der Fassung, unter sein Niveau geraten war. Das Wort Scheißhaus jagte ihm noch hier, halb verloren im Abteil erster Klasse eine flammende Röte bis hinter die Ohrmuscheln, die Knie fühlten sich weich an von dem Beben, das seinen Körper durchzog, sobald er an den Moment dachte, an dem er nach der ganz unzulänglichen Probe im Zimmer des Intendanten hochgeruckt war und gesagt hatte, wenn es so sei, dann sei er auf der Stelle weg. Die Antwort des Intendanten, ob bloß reflexhaft, ob durchdacht, sein: Dann sind Sie halt weg, hatte ihn zum Unterlegenen gestempelt, ihn, der im kleinen Finger mehr musikalisches Empfinden hatte, als dieser Intendant mit beiden Händen ausdrücken konnte und sollte ihm der Gott des Mitleids je sechs Finger schenken.

Eine einzige Probe war angesetzt gewesen, Marus Lorbert

wollte mehrere, schließlich hatte er bis dahin weder mit dem Orchester noch mit dem Gesang-ensemble geprobt, der Regisseur hatte sich gesträubt, selbst der Generalmusikdirektor mache das nicht, und dann war die Sängerin der Mimì weggeblieben, diese Maria-Luisa Plötz, die von sich sagte, sie könne die Rolle und brauche sie nicht zu proben, sie würde sich auch nicht holen lassen, schon gar nicht vom Referenten des Intendanten, der das auch noch als üblich bezeichnete. Die Plötz habe die Rolle schon gesungen, als noch niemand im Haus von einem Marus Lorbert gesprochen habe, und eben, dagegen trat er an, gegen das: das habe ich immer so gesungen, das haben wir immer so gespielt, und er hatte derart wütend gegen das Stehpult gehämmert, dass ihm die Hand noch schmerzte, als er jetzt im Speisewagen, weiter in Aufruhr, nach der Karte griff.

Das war's also gewesen. Statt einem älteren Kapellmeister nachzudirigieren fuhr er zurück oder davon, ein Eklat oder keiner, er mied dieses Wort, mied Wörter wie Skandal, Provokation, Affront, er hatte sich nicht deshalb sorgfältig auf die Probe vorbereitet, um von einer Sängerin genasführt zu werden. Von wegen üblich, bei ihm war gar nichts üblich, trotz seiner Jugend, er hasste die Routine genauso wie das allzu freie, oft nur schlampige Spiel, hasste das Dirigieren mit Ellbogenschonern, das Übergehen dessen, was der Komponist geschrieben hatte, er wusste, dass Solisten sich einiges und einige sich allerhand herausnahmen, aber er wusste auch, dass sie den Geist, den wunderbaren Atem, den Liebeshauch, den Todesschauer des Werks verfehlt hätten, wenn er nachgegeben hätte. Mit ihm wären sie dem sehnsüchtigen, eben nicht kitschigen Werk nahegekommen, hätten es in seiner Vollkommenheit zwar nicht erreicht, aber sie hätten die Einmaligkeit eines Abends erschaffen, mit ihrem Spiel bis in feinste Verfeinerungen den Konzertsaal erfüllt, und dazu brauchte es mehr als eine freundliche, mehr als geduldige Strenge. Weder Nachsicht noch Einknicken waren angebracht, es hätte seine gnadenlose Gewissenhaftigkeit, seine unerbittliche Sorgfalt gebraucht und nicht bloß eine Auffrischungsprobe eingefahrener Gewohnheiten, und dafür mindestens zwei, wenn nicht vier Probetage.

Aber er konnte nur schlecht verhandeln, er war darin das schiere Gegenteil seines taktisch geschickten Vaters, und das machte ihn vor sich selbst unberechenbar. Entweder ließ er sich lange bitten, bis er auf einmal wie aus einer Laune heraus, während schon das Geschirr weggeräumt wurde, einem Angebot als Gastdirigent nachgab oder er verlor im Nu seinen Charme, seine Schlagfertigkeit und wurde rettungslos ausfällig, und die Aufführung mochte einspielen, wer wollte. So auch dieses Mal. Als der Kellner herantrat, bemerkte Marus Lorbert die Speisekarte in seiner Hand. Bringen Sie mir, was Sie wollen, und auf den fragenden Blick eines, der in seinem Job nicht mehr leicht zu erschüttern war: oder wovon Sie zu viel haben, mir ist schon jetzt zum Kotzen zumute.

Wie die allermeisten musikalisch Hochbegabten ist Marus Lorbert das, was achtlose Biografen und eilige Schreiber von Einführungen für das Programmheft vorbelastet nennen und was sich anhört wie eine Variante von vorbestraft oder wie eine seltene, erblich bedingte Krankheit, eine Vorerkrankung, an der eine Galerie ahnungsloser Vorfahren mitgewirkt hat. Marus Lorbert ließ solche Verwandtschaften in den Fotoalben seiner Mutter ruhen, ebenso die Bilder von ihm in Strampelhosen oder als Erstklässler mit einer ¼ Geige, auf der er eigenwillige Melodien strich, manch erstaunten Blick damit einheimste und von seinem doch ansehnlichen Äußeren ablenkte. Er mochte nicht angeschaut werden, wenn er nichts in den Händen hielt, er war zu viel allein, allein mit seiner Schwester Elenora, während ihre Mutter jahrelang Frauenchöre leitete und an vielen Abenden für die Proben außer Haus war. Ihre Zähigkeit, ihre Willenskraft und Geduld, für diese Tätigkeit unerlässlich, hat sie an Marus Lorbert weitergegeben, vielleicht, vielleicht auch nicht, Küchenpsychologie, ihr Sohn hat sich denn auch nie vor einen Chor gestellt, er hat von vornherein Orchester leiten wollen. Sein Vater, ein talentierter Klavierspieler, der es nie darauf angelegt hatte, Pianist zu werden und dann als Musiklehrer ein unscheinbares Dasein zu fristen, war so nobel, sich nie über seine Frau lustig zu machen, wenn sie von einem Gesangswettbewerb zurückkam und mit ihrem Chor trotz all seiner Homogenität nur einen Ehrenplatz belegt hatte, die Stimmen von Frauen kämen punkto Volumen nicht an gegen die männlichen Stimmen, und die Juroren ließen sich davon beeinflussen statt dem entgegenzusteuern. Leise flehen meine Lieder, leise durch die stille Nacht, in der Marus Lorbert in seinem Bett lag und seiner Schwester im Zimmer nebenan Klopfzeichen gab, um ihr zu bedeuten, dass er noch wach sei, und sie schlief auch noch nicht.

Sein Vater verehrte die Mutter seiner zwei Kinder und hat sie doch verlassen, hat ihr weinend gestanden, sich in eine Tänzerin verliebt zu haben, gegen seinen Willen, aber was zählt das Wollen in der Liebe, sobald es einen Menschen hin zu einem anderen zieht, einen angesehenen Diplomaten zu einer zarten, er sagte sogar: reinen Tänzerin in einer fleißigen, bald Furore machenden Balletttruppe. Es sei Magie gewesen, anders war es nicht zu beschreiben, zu erklären schon gar nicht, wie er seinen Kampf um die eigene Treue verloren habe, etwas Magisches sei zwischen ihnen geschehen, wogegen er sich wochenlang gewehrt hatte in seiner Residenz. Eine Elfe war sie, schon bei der ersten Begegnung im Kaffeehaus gegenüber dem Theater, wo sie bediente, um ihre Gage aufzustocken, und wohin er gelegentlich auswich, um ein Viertelstündchen für sich zu sein statt im Getriebe des diplomatischen Dauerlaufs, wenn nicht Leerlaufs. Seine Frau, die Mutter seiner Kinder, seine Kinder selbst, sie alle sollten ihm bitte verzeihen, oder er verstehe es, wenn sie ihm nicht und nie verziehen, er liebe seine bis dahin einzige Frau auf seine Art noch immer. Davon wollte er auch späterhin, als die Wogen geglättet waren und Hilda Lorbert allein am Ufer stand, nicht abweichen, für sie werde er immer eine Kerze in der Kathedrale seines Herzens brennen lassen, ein sprachliches Bildchen, das die Verlassene irgendwann schon einmal gehört zu haben glaubte.

Es kam Marus Lorbert gerade recht, dass er eine Stelle als

Korrepetitor antreten konnte, es war ein erster, schon nicht mehr jugendhafter Schritt ins Irgendwohin, er würde es seinem Vater zeigen, der seine Übungen mit der Geige, dann am Klavier mit falsch angebrachter Nachsicht verfolgt und desto lockerer bezahlt hatte. Marus Lorbert konnte ihn so wenig hassen wie er seine Mutter jemals hätte hassen können, vermutlich bewundert er an seinem Vater noch immer, dass er seine Karriere auf den Weg gebracht hatte, ohne sich groß zu verbiegen. Und er hätte seine Mutter in den Arm nehmen mögen, als sie ihm etliche Jahre später das Unglück ihrer Ehe offenbarte, und dass sein Vater geweint hatte, als er sich, vom Schicksal ausgezählt, der Mutter gegenüber öffnete, berührte ihn mit mehr Zärtlichkeit als ein feiner Kniff in die Backe. Aber danach musste es weitergehen, war es weitergegangen, seine Mutter dirigierte später sogar einen Theaterchor, wenngleich nicht in einem Haus mit einer nationalen Ausstrahlung, die ihn für die Crème der Kritiker zum ewigen Sohn einer berühmten Musikerin gemacht hätte.

Marus Lorbert hatte seinem Vater eine Menge zu bieten, er konnte am Klavier mehr als viele Kollegen, die wie er, zur Geduld verdammt, überreizte, mit ihrer Begabung ringende Sängerinnen und Sänger beim Einüben ihrer Rollen beistanden. Er konnte sogar viel mehr als alle, sagte er sich, denke ich mir, in Stunden der Zuversicht, die naturgemäß nicht vorhalten, die von Selbstzweifeln getränkt und fast ertränkt werden. Aber beim Schritt vom Korrepetitor zum Dirigenten konnte ihm niemand helfen als er sich selbst, gerade auch weil seine Mutter nach der Scheidung ihr Lebensziel, ihr höchstes, ihr einziges auf ihren Sohn übertrug. Ihr war gewiss, dass er nicht nur Talent, nicht nur Begabung, dass ihr Sohn Genie hatte, er würde in seiner Karriere der werden, der er werden musste, ein gefeierter, von Beifallstürmen umtoster Dirigent. In der schlaflosen Stunde gegen vier Uhr nachts sah sie ihn so vor sich, behaupte ich, ihr Sohn hatte die Fülle, die Erfüllung aus den Gaben seines Vaters und der ihren obendrauf, sie kamen in ihm zusammen, um sich in ihm zu verstärken.

Mit ihrer Überzeugung und ihrem Willen drang seine Mutter bis zu ihrem tragischen Tod an Brustkrebs zu den Intendanten und Generalmusikdirektoren vor, auf ihre so bestimmte wie unwiderstehliche Art, was ihr Erscheinen zu einem Geschenk für die anderen machte. Sie tat es auch, weil sich Marus Lorbert mehr und mehr den Ruf einhandelte, ein impulsiv drängender, sich mitunter selbst widersprechender, ein schwieriger Mann seines Faches zu sein. Es durfte nicht so aussehen, als stiege ihm sein wachsender Ruhm zu Kopf, denn das war nicht so, ihr Sohn blieb einzig der Treue zum Werk verpflichtet, das er bis in die Nacht vor der Premiere hinein studiert, die Bögen für jeden Musiker neu markiert und auf ihnen gegen alle Bestrebungen, sie abzuschleifen, gar zu ignorieren, besteht: bittend und bettelnd, verlockend und verführend oder mit Wutausbrüchen, bei denen er ausfällig werden kann wie ein Stallknecht, Einzelheiten, die sie in Gesprächen mit ihrer Tochter immer überging, Elenora, die Ältere, hatte ja früh auf eigenen Füßen gestanden, an ihrem Einvernehmen haben beide Frauen nie geritzt.

Von ihrem Sohn aber wusste sie, dass er das hatte, wovon sein Vater, ihr Ungetreuer, wie sie ihn vor ihrem Sohn nannte, um etwas Spielerisches in das familiäre Unglück zu bringen, nichts ahnen wollte, sei es in den vorderen Reihen der Spitzendiplomatie, sei es mit seiner zähen Tänzerin zur Seite, die zwar nicht das wirklich große Talent gewesen war, aber immerhin die sich fehlerfrei bewegende, für elegante Auftritte wie geborene Ballerina wurde. Das war der Subtext jedes sterilen Telegramms, das sein Vater ihm nach einem gut bis enthusiastisch aufgenommenen Konzert schickte, nicht bevor er die Kritiken dazu überflogen hatte, auch in Unruhe darüber, wie sehr die eine oder andere aufgebauschte Skandalmeldung seinem Sohn nur schaden könnte.

Marus Lorbert hat gelernt, sich selbst zu besiegen, jedes Mal sich dem Kampf mit seinem Lampenfieber zu stellen, das seiner Mutter, trat sie vor einen Chor, so fremd war wie seinem Vater bei einem Referat vor einem handverlesenen Kreis aus der Wirtschaft oder in einem Ratssaal voll raunender Erwartungen. Von Anfang an wollte er nicht eingebettet ins Orchester seinen Einsatz erwarten, er wollte derjenige sein, ohne den die Einsätze vermasselt würden, aber mit dem jeder Tuttigeiger und jede Tuttigeigerin an die Grenzen ihres Talents, ihres Leistungsvermögens gingen. Er ist der geworden, der beinahe alle fördert, feinnervig, unnachgiebig gegen die eigene Versuchung, seine Ansprüche auch nur um eine halbe Drehung zu lockern. Da mögen ein Oboist, eine Violonistin noch so einnehmend sein, er sieht ihnen nichts nach, verlangt den körperlichen Überdruss vor nachlässig eingeschlichenen Phrasierungen, den Willen aller, ihre Einsicht ins machbar möglich Unmögliche. Kunst entfaltet sich in dieser Paradoxie, sie lebt vom scheinbar Widersinnigen, sie blüht auf im quer zur Tradition Vorgetragenen, sie ist der zauberische Widerspruch in sich. Nichts soll leichter klingen, soll schweben als das Schwerste, nichts soll man sich schwerer machen als das scheinbar Leichte, etwa Haydns Sinfonien, die doch genaueste Artikulation erfordern und bei denen kein Orchester sich nur auf Kraft und Wirkung verlassen darf. Marus Lorbert besteht darauf, manchmal dachte er, sagte er mir, er würde selbst unter Folter darauf bestehen, wie Beethovens B-Dur-Sinfonie, wie Brahms e-moll-

Sinfonie, Bruckners Es-Dur-Sinfonie, Mahlers G-Dur-Sinfonie und Schostakowitschs c-moll-Sinfonie zu dirigieren waren, bei allen Komponisten, wie mir kürzlich auffiel, jeweils die Vierte und auf ihre Weise eigene: bei Beethoven die am meisten unterschätzte, bei Brahms jedenfalls die letzte und bei Bruckner die romantischste. Mahler hat sich mit seiner Vierten von der Spätromantik verabschiedet, und Schostakowitsch, so Marus Lorbert, lässt mit ihr den Einfluss Mahlers am stärksten anklingen, noch dazu mit c-moll in einer Todestonart. Mit Geduld, ohne Geduld, immer mit Konsequenz führt Marus Lorbert den Musikern plastisch vor, was sie wie zu intonieren, zu phrasieren haben, wie sie bestimmte Stellen filigraner zu modulieren, wie sie aggressive oder witzige Akzente zu setzen haben, wie die feinsten Farben und die kleinsten Mittelstimmen herauszuschälen sind.

Ja, wenn es darauf ankommt, bist du da, eine Gewissheit, die dich aber einmal schon im Stich gelassen hat, als du dich in der Garderobe eingeschlossen hattest, zerrüttet von deinem schwachen Auftritt in der ersten Hälfte des Konzerts, während im Publikum das Gehuste und Gekeuche anschwoll, witzig aufmunternde oder abstrafende Rufe hochquirlten, von denen du nichts hören konntest, bis du dann doch wieder angetreten bist, weil du dem Orchesterwart nicht zumuten wolltest, dich mit Gewalt herbeizuholen, in diesem Moment unglücklich über dich selber, dein Beigeben, wo du weißt, es kann an diesem Abend auch die zweite Hälfte bloß schiefgehen. Das ganze Konzert werde zu einem Nichts zerrinnen, einzig mit dem Trost, dass es nicht aufgezeichnet, nie von Youtube den blanken, nach oben oder unten gerichteten Daumen überliefert werden würde, auch nicht nach deinem Tod, wenn du dich nicht mehr wehren könntest, wenn aber ich mich wehren würde, wie dir gewiss ist, und ich meine das ernst.

Du hast das Publikum zwar nie verachtet, doch nimmst du es oft nicht wahr in deinem Ringen mit dir selbst, deinen Skrupeln vor der Aussichtslosigkeit, das Werk in seiner quasi vollkommenen Vollkommenheit darzubieten, wonach du es nie mehr aufführen dürftest oder nur um den Preis des Nachtrabs. Aber du weichst nicht davon ab, dass dieses Aussichtslose das letzte Ziel sein muss, das immer tiefer, immer anders ins Werk hineinleuchtende Scheitern, auch um daraus wie Sisyphos das Glück des Augenblicks zu saugen, ohne dass jemals die endgültige, alle früheren und späteren Aufführungen in sich fassende und beschließende Deutung gelingen kann. Jedes Konzert bleibt Auslegung und diese ist niemals absolut, noch ein Fünfer ins Phrasenschwein. Trotzdem, auch wir Agenten wissen das und leben davon, manche besser, andere schlechter als ich, es werden immer wieder Dirigenten und Solisten und Virtuosen heranwachsen, die die Lieblingswerke der Klassikwelt aufs Neue erkunden und ermessen wollen, da mögen die großen Agenturen sich immer weniger um das besondere Talent und sich immer mehr um das Image kümmern, das dem jüngsten Superstar, zunehmend weiblich, geschminkt und dekolletiert, auf den schlanken Leib zu schneidern wäre.

Und darum stimme ich dir weiter zu, dass da niemand ist, um dich auf deinem Weg ins Unüberbietbare zu begleiten, und ich verstehe längst, dass dir nach dem Konzert keiner kollegial auf die Schulter klopft, dass alle soviel Takt haben, sich zurückzunehmen und dich ziehen zu lassen, hinaus, allein, ins

Blaue, ins Himmelblaue – oder, oder zu einer, mit der du am Vorabend geflirtet hast. Wie sollte ich das ausschließen? Zu sehr hältst du dich bedeckt, was die Liebe angeht, und dein, mir scheint, saloppes Nein zum Ehestand war bestimmt nicht deiner Weisheit letzter Schluss. Du bist ein Kavalier, sofern du willst noch im durchschwitzten Joggingdress, und für dich gehört Verschwiegenheit zu den Tugenden des Kavaliers. Aber hallo, was schweife ich da ab, wo ich mir ein Notizheft besorgt habe, ein kleines dickes für die Jackentasche, schreibend wächst die Verantwortung für das Schreiben, was mir jäh bewusst geworden ist, möglichst noch am selben Abend will ich nahe am Wortlaut festhalten, was du mir mit auf den Heimweg gegeben hast.

Marus Lorbert hat Schostakowitsch im Repertoire und Charles Ives, den amerikanischen Neuerer von vor hundert Jahren, nicht Neuerer, wendet er ein, Ives habe Neuerungen vorgegriffen, Schostakowitsch hat sich wahrscheinlich nie mit ihm beschäftigt, aber beide kannten den Neuerer Mahler, für Schostakowitsch gar ein Vorbild. Um Marus Lorbert richtig zu nehmen, muss ich ihm bloß auf die richtige Art widersprechen.

– Nicht Neuerer? Im Grunde sind doch alle Komponisten, alle toten, die man heute noch spielt, Neuerer gewesen.

– Die Eigensinnigen zählen, die, die nach dem Eigenen suchen, bis sie darauf stoßen, wenn nicht daran zugrunde gehen.

– Glück darf auch der Künstler haben. Selbst wenn er sich für etwas anderes hält als sein Nachbar, ja selbst wenn er sich zum Übermenschen erklärt.

– Ich bitte dich, lass den Subbegriff bei Nietzsche. Lies seine Schriften über Wagner, er hat nicht so viel verstanden von Musik, wie manche meinen, aber Vieles von der Verführung durch Musik.

– Die Verführung durch Neues.

– Nein, das Zurückstoßen durch Eigenes, das Verschrecken.

– Der Künstler im Pech.

– Wo hast du denn das Kissen für deinen Stempel? Jetzt mal im Ernst. Ives hat vorgegriffen, vorweggenommen, und seine Zeitgenossen, seine Kollegen, so es Kollegen gab, haben es nicht mal bemerkt, geschweige gepriesen. Trotzdem war und bleibt Ives' Musik die einer Nation, mehr als bei Gershwin oder Copland, mehr als bei Bernstein.

– Der immerhin dann Ives endlich aufgeführt hat.

– Aus Missklang geboren, in Zwietracht fortgeblüht.

– Bis heute. So passt es. Auf Ives wie auf die USA.

– Jedenfalls hat die Musik einer freien bis selbstherrlichen Nation ein Rebell geschrieben, lange verkannt, ein unscheinbarer Rebell gegen die Vormacht klassischer Kompositionskunst. Sein Werk ist erfrischend, weil erfrischend vielfältig, es ist sehnsüchtig in sich zerstritten, bombastisch und parodistisch. Ives hielt sich nicht an Europa, er holte sich von dort nur das, was er für sich brauchte, für sein Eigenes.

– Aber das Eigene ist doch automatisch auch neu.

– Könnte man meinen. Stimmt aber nicht. Obwohl jeder Große praktisch immer das eine oder andere vorweggenommen hat, sein Eigenes zieht er doch aus dem offenen Resonanzraum von allem bis dahin noch nie Gehörten. Dieser Raum bleibt derart groß, ja grenzenlos, dass wirklich Begabte, nicht nur die uneinholbar Großen, daraus immer wieder Eigenes, bis dahin Unbekanntes herausholen, und das ist dann halt insofern neu, auch künftig. Dieser Aspekt bleibt aber nachrangig und stellt sich mehr von selbst ein.

Ich könnte keine Agentur führen, wüsste ich nicht, mich im richtigen Moment einzuschalten, selbst wenn ich dabei den Kontakt zum Boden unter den Füßen verliere. Und tatsächlich spannte ich die Unterschenkel an, als ich in etwa sagte:

– Aber das muss dann auch mehr sein als Protest, als Abstinenz oder gar Ignoranz. Es muss mehr sein als bloße Neuheit von hochfahrenden Kerlen, die das Überkommene verachten, meist ohne es zu kennen, und die von der Kritik in ihrem Fortschrittswahn als radikale Neuerer gefeiert werden.

– Schau mal, diese Konstellation hat ihren einmaligen, meinetwegen auch historischen Reiz: im Westen Ives, im Osten Schostakowitsch und Mahler in Wien. Ein musikalisches Raumzeitgefüge. Schostakowitsch bezieht sich in der c-moll-Sinfonie auf Mahler, und Mahler hat sich von Ives eine Kopie der Partitur seiner dritten Sinfonie erbeten.

– The Camp Meeting. Ungewöhnlich aufgebaut. Nur drei ziemlich langsame Sätze, für die der alte Ives dann doch noch einen Preis erhalten hat.

– Und was hat er dazu gesagt? Ein Preis sei das Abzeichen, badge of mediocrity.

– Ich komme jetzt nicht mit dem Witz von den Hämorrhoiden, die im Alter jedes Arschloch und so weiter.

– Kommst du doch. Und wir reden jetzt nicht von Filmmusik in Hollywood.

– Dann reden wir darüber, ob sich nicht alle drei in ihrem subjektiven autobiografischen Ansatz ähneln: Ives, Mahler, Schostakowtisch, und das in absolut unterschiedlichen politischen Systemen.

– Politisch verschieden sind die drei eigentlich nicht, jedenfalls so wie ich das Politische verstehe. Es ist ja immer Teil des Biografischen, im Leiden eines Einzelnen wird das Leid seiner Epoche verhandelt. Schostakowitsch. Und nehmen wir den armen Prokofjew dazu: Ihre Widerrede, ihr klangliche Widerrede war die der Millionen, die aus Stalins Lagern niemand hat rufen hören.

Marus Lorbert schweigt einen Moment, als hätte er zu viel gesagt, und ich wartete ab.

– Ein Vergleich gehört nicht hierher, das nicht, aber ich bin mir sicher, dass auch Ives gelitten hat. Gelitten unter der brutalen Ahnungslosigkeit der Massengesellschaft um ihn her, wo man von Anfang an, schon in ihrem Gründergeist auf unternehmerischen Erfolg aus war, auf Reichtum und Wohlstand, eigentlich ungebrochen bis heute. Was den Kleinmeistern dort zupass kommt.

– Vorsicht! In den USA gab's und gibt es starke kulturelle Kreise, starke Orchester, und es gibt zum Beispiel die Met, Mahler hat in der Met mit dem Tristan begonnen.

– Wem sagst du das.

– Wem sonst als dir. Die Met wird zu gut 40 Prozent privat finanziert, von staatlicher Seite kommt nicht mal ein Prozent. Vergleiche das mal mit den subventionierten Häusern hier. Trotz happiger Eintrittspreise schreibt die Met keine roten Zahlen, sie hat ihre Anhängerschaft, ihre Liebhaber und Gönner.

– Mein Lieber, das ist das Geld. Und das andere sind die Inszenierungen.

– Die Sänger machen es aus, das Orchester. Du würdest es ausmachen.

– Schmeichle nicht. Der Schmeichler hat die Tafel sofort zu verlassen.

Er legte seine schlanke Hand an den Hals der Flasche Barolo, ein sachter, ins Körperliche gewendeter Kniff, der mir eher liebevoll als bedrohlich vorkam, und geblieben bin ich sowieso.

– Was will denn ich? Nicht eine Melodie, sondern das, was einer Melodie ihre Tiefe und Macht gibt. Das muss sich hören lassen, erklären kann es niemand.

Grundsätzliche Gespräche sind nun mal schwierig, nicht weil ich in dieser Hinsicht ein ausgemachter Dummkopf wäre, nein, es bringt wenig, das eigene Verhältnis zur Musik, überhaupt zur Kunst, frontal zu beschreiben, man muss in jedem Satz der Phrase widerstehen und streift sie häufig doch. Was sich hier wie ein Protokoll liest, habe ich, einmal in Schwung, aus mehreren Gesprächen, aus Erinnerungen an mehrere Abende zusammengezogen, denn meistens richten wir uns ein im uneigentlichen Sprechen, und das mit Lust, die besonders dann wirkt, wenn wir es mit ernsten Zwischensätzen durchbrechen. Wie sehr Marus Lorbert kokettieren mag, er findet doch wieder zu Einsichten, die ich mir notiere, zum Beispiel der, das Dirigieren sei formgewordene, noch besser formwerdende Musik, wie ein Wechselstrom fließe sie durch den Körper bis in die Fingerspitzen.

Praktisch jedes Konzert hat für ihn die Schicksalsmacht eines Initiationsritus, ein Einsatz auf alles oder nichts im Kampf um den Zutritt zur Geschichte der aufgeführten Werke. Schiebt er sich aus der Garderobe heraus in den Saal, steht ihm die nackte Angst ins Gesicht geschrieben, ich habe das einmal gesehen, vom ersten Rang aus und bin erschrocken, ein Schreck der Erkenntnis auch. Durchkommen oder sterben, so warf er sich in die Linzer Sinfonie, er leitete und schwamm zugleich in dieser, doch auch seiner Musik, ohne auch nur ein Jota an Deutlichkeit, an Reinheit und Genauigkeit einzubüßen, und das Dresdner Orchester zog mit. Die Musiker hatten geprobt zwischen

Frust und Seligkeit, sie kannten seine Art zu führen, wussten, wie weit er kleine Taktteile ausdirigierte, wie die linke Hand direkt sanft auf den Schallwellen ruhte und sie einlud, ihr zu folgen. Sie wussten, wo er Takte in Ganzen schlug und wo er gleichsam versank in der von ihm geleiteten Sinfonie, bis sie so lebendig spielten, so lustvoll und frech, so beseelt, wie es wir Zuhörenden als magisch erlebten. Keiner wagte es, mit seinem Applaus in den Schlussakkord einzufallen, jedes Geklatsche hätte platt geklungen, jedes Bravo so breitbrüstig wie dumm. Also dauerte es lange Sekunden, bis die ersten sich im Beifall zusammenfanden und bis mich wiederum diejenigen nervten, die mit ihrer Begeisterung auftrumpften, sich mit einem Ruck erhoben, streng rundum blickten, ob auch alle sich ihrer stehenden Ovation anschlössen oder wie unberührt von dieser Sternstunde Mozartscher Musik sitzen blieben. Warum habe ich diesen bösen Blick für dieses teils heimliche, teils trotzige Messen und Verwerfen der Fähigkeit, zu begreifen, zu genießen, zu würdigen? Gerade diese Leute tragen doch zu meinem geschäftlichen Erfolg das Ihre bei.

Ich habe gestern wieder schlecht dirigiert.
- Du hast gestern wieder schlecht dirigiert.
Ich beugte mich über den Tisch.
- Du weißt besser als ich, dass du hervorragend dirigiert hast. Wie immer. Oder so gut wie immer. Hervorragend.
- Heiner, Heiner, was tust du mir da an.
- Heiner sagst du jedes Mal dann, wenn du es tödlich ernst meinst. Darauf bin ich noch nie hereingefallen. Du hast nun mal hervorragend dirigiert. Wie immer. Oder wie meistens, ich will glaubwürdig bleiben.
- Den wahren Weg zu kennen, das kann nur heißen, die eigenen Mängel erkennen.
- Wieder so eine deiner asiatischen Binsenweisheiten?
- Eine japanische Binnenseeweisheit.
- Irgendwo muss das Zeug ja wachsen. Im Abendschein, in des Mondes vollem Licht im Herbst.
- Und wenn's das wäre, dann sollte ich für nächste Woche nicht absagen.
- Diese beknackte Fledermaus dirigiert keiner wie du. Vielleicht magst du mir nichts schuldig sein. Doch du bist dem Publikum etwas schuldig, auch du bist das. Selbst wenn Geld dich nicht interessiert, das Publikum zahlt ziemlich hohe Eintrittspreise.
- Wie hat dir der Oboist gefallen? Es ist ein schwieriger Einsatz. Er muss die Tür eintreten, und zwar so, dass man sie nicht fallen hört.

– Dieser Pflaum hat wunderbar eingesetzt und er hat nicht nachgelassen. So einen vollen reifen Ton hört man selten.

– Reden ist eigentlich wie Singen oder Musizieren, nur einfacher, findest du nicht? Man reiht die Wörter aneinander und sie verschwinden in der Zeit, Wort für Wort, Takt für Takt. Die Musik verschwindet in der Zeit und bleibt nur im Kopf der Hörer zurück. Ein Dirigent sorgt für das Vergehen, ja für das Vergängnis. Gibt's dieses Wort? Einen anderen als dich würde ich das nicht fragen.

– Ich werde rot bis in die Haarspitzen.

– Bis morgen hast du das vergessen. Und außerdem lassen sich deine Haarspitzen zählen.

– So lange halte ich nicht still. Ich bin nur immer wieder baff, wie gut du mich kennst. Wie du weißt, bin ich diskret, ein diskreter Mensch.

– Hier treffen wir uns wieder. Ein diskreter Mensch ist mehr wert als hundert dicke Männer.

– Ein diskreter Mann, bitte schön.

– Du hast Mensch gesagt. Schon vergessen?

– Schon vergessen.

Das war mal ein Moment, an dem wir uns fast auf die Schultern geklopft hätten, kann ich jedenfalls von mir sagen, und umso besser bei seiner Lust zu spötteln, dass er flüchtig wie ein Moment vorüberging.

Zum Einsatz des Oboisten Erwin Pflaum, überhaupt zur »Fledermaus« war es letztlich gekommen wegen der vielen Referenzaufnahmen von Karajan über Carlos Kleiber bis Harnoncourt, ein von Marus Lorbert stets heruntergespieltes Messen an Energie und Esprit, er hat auch Abfälliges über diese Operette losgelassen, und das Getue in Wien um Johann Strauß nervt ihn seit je. Meinen Einwurf, ihm fehle halt das Wienerische, konnte er locker kontern, eben der Schlamm und das

Quallige, das müsse weg, er gebe Johann Strauß etwas mit von Offenbachs Flair.

– Und die Werktreue?

– Werktreue ist die Treue zum Studium des Werks. Gar mit jeweils neuen Schlussfolgerungen. Johann Strauß habe nirgends soviel Anhauch von Französischem wie in der »Fledermaus«, nur sei ihm dann im dritten Akt der abgestandene Trunkenboldhumor nicht zu schade gewesen. Prost.

Was Beethoven angeht, so ist es Marus Lorbert wichtiger, die Vierte und die Achte aufzuführen, seltener die Fünfte und die Siebente, aber aufgenommen hat er sie. Die Einspielung der Neunten haben wir noch vor uns, er mit seiner Scheu vor Riesenorchestern und Riesenchören, ich will das nicht aufwärmen, ich habe auch keine andere Version als die, die in den Kreisen von Klassikliebhabern umgeht, er hatte tatsächlich Ernest Wesling, dem Leiter des Chors, geraten, besser Koch einer Fastfoodküche zu werden als weiterzumachen, ein Ausfall, der den Chor einen Moment lang wanken ließ wie einen mittelprächtigen Palast bei einem Erdstoß und der sich während des Konzerts dann wie ein unterirdischer Riss durch die vier Sätze und die Hymne an die Freude zog, wonach Marus Lorbert tagelang für niemanden zu erreichen war.

Je kleiner die Besetzung, desto seltener wirft er hin, aber mit einem Solisten, einer Solistin kann es ebenfalls schwierig werden. Es war abzusehen, jedenfalls für mich, dass er mit Andrea Vinci, empfindlich wie er selber, bei Beethovens großem Klavierkonzert in Es-Dur nur schwer zurande kommen würde, so sehr sie einander schätzen und die gegenseitige Achtung auch im persönlichen Umgang nicht schwand, umgekehrt, sie spitzte sich während der Arbeit zu. Jeder wollte sich vor dem anderen bewähren, ihn übertrumpfen, und so ergab in dieser Konstellation zweimal eins keine zwei, wo sonst eher männliche Solisten für Extravaganzen bekannt sind, während diese bei Solistinnen meistens äußerlich bleiben, quasi außermusikalisch, von kühn geschlitzten Roben bis zu nackten Füßen. Nicht so bei Andrea Vinci. An dieser Probe mit ihr war ich dabei, ich hatte beschlossen, mich eingeladen zu fühlen, nachdem ein Treffen mit dem Münchner Gewährsmann von DENON verschoben worden war, die japanische High-Fidelity-Firma wollte ja mit ihren bestens produzierten, aber teuren CDs den deutschen Markt aufrollen, das ist eine andere Geschichte vom Scheitern. Ich war mir ziemlich sicher, dass Marus Lorbert, versessen in seine Arbeit, sich nicht umdrehen würde, und sah zu, wie die beiden buchstäblich über sich hinauswuchsen, als höbe sich mit Andrea Vinci der Stuhl samt Steinway der Decke entgegen und als dirigierte Marus Lorbert auf Zehenspitzen, ausgesprochen komisch, fast zum Lachen, hätte er das Orchester weniger häufig unterbrochen und es nicht so oft wiederholen lassen, dass kein Fluss ins Ganze kam.

Währenddessen sah Andrea Vinci immer hochnäsiger über ihren Flügel hinweg, und dann wurde ich abgelenkt, weil ich im Halbdunkel der hinteren Reihen auf einmal eine einzelne Dame sitzen sah, genau, Frau Wertheimer, die Witwe des ebenfalls und tragisch gescheiterten Klarinettisten, in dunkelgrauem Jäckchen, darunter eine knallig rote Bluse mit einer Schleife von demselben Rot am Kragen, das gehörte wohl zusammen und sah in diesem Dämmer fast wie frisches Blut aus, heute trägt auch das Alter kühne Farben. Frau Wertheimer guckte nicht zu mir herüber oder sie tat es höchstens dann, wenn ich nach vorne schaute, sodass sich unsere Blicke nie trafen, obgleich ich sie, das Augenmerk nicht mehr voll auf die Bühne gerichtet, ein wenig beobachtete: Mit welch unverwandter Strenge und aufs Äußerste angespannt starrte sie zum Pult, ohne jedes Anzeichen von Frohsinn, ohne jedes Lächeln, jedes freudige Erstaunen, aber auch ohne unmutsvolle Regung, wie sie dem Dargebotenen eigentlich entsprochen hätte. Es war ein steifer, durch nichts abzulenkender Blick nach vorn, der mir bald unheimlich vorkam, so als wollte sie ihren toten Gatten mit telepathischem Befehl herbei zwingen in die Reihe der Holzbläser. Ich habe mich tatsächlich davongeschlichen, in dieser heiklen Lage wollte ich weder auf Frau Wertheimer noch auf Marus Lorbert treffen, ich komme ja normalerweise durch den Vordereingang, und schon gar nicht wollte ich den beiden zusammen begegnen, sonst hätte diesmal ich mich aus dem Staub machen und eine Stunde später ein versöhnliches SMS starten müssen.

Die Aufnahme kam bekanntlich nicht zustande, Klavier und Orchester waren oft nicht zusammen, die Musiker litten unter den Spannungen zwischen Solistin und Dirigent und begannen zu murren, Marus Lorbert wurde von seiner alten Unsicherheit gepackt und fahrig, Andrea Vinci klappte irgendwann den Steinway zu und reiste grußlos ab, und Marus Lorbert weinte ihr keine Träne nach. Er schätzt sie weiterhin, er würde sie bei nächster Gelegenheit um ein Autogramm bitten, mit dickem Filzer auf der Hülle ihrer neuesten CD, selbst mit Tschaikowskys Klavierkonzert, dem in b-moll, Marus Lorbert nahm die Sonnenbrille ab und sah mich an, als wolle er aus meinem Gesicht lesen, ob ich ihm das glaubte, und ich sah ihn an, als ob ich ihm alles und nichts glaube. Dann lachten wir und wischten das Thema beiseite, und dabei kam mir vor, als hätte für einmal ich Marus Lorbert durch das Gespräch gelenkt, auch wenn mich seine Spitze gegen Tschaikowsky im Rachen kitzelte. Immerhin wolle er »Mazeppa« dirigieren, wandte ich ein, und diesem Werk hafte nicht mal der Ruch an, populär zu sein. Mein Lieber, wenn man schon mit Tschaikowsky im Sentimentalen rühren wollte, dann mit dieser Oper. Damit hatte ich ihn endgültig von Andrea Vinci weggebracht, ich wollte auf keinen Fall verraten, dass ich einen Teil ihrer Probe miterlebt hatte, ein bisschen fies, aber in der Kunst zählt das kniffligste Detail. Dabei hätte ich gern Frau Wertheimers Namen eingebracht, ich brannte vor Neugier darauf, ob er die Dame bemerkt hatte, gar nach dem Eklat im Rialto und dem Knatsch mit Andrea Vinci mit ihr zusammengetroffen sei, aber von sich aus erwähnte er sie nicht. Dass wir sie also beide übergingen, sicher aus verschiedenen, von ihm und mir nicht berührten Gründen, schweißte uns nicht weiter zusammen, aber es entzweite uns auch nicht. Über den toten Wertheimer hatten wir damals bestimmt ein paar achtungsvoll bedauernde Worte gewechselt, an die ich mich nicht mehr erinnere, er scheint ihn vergessen zu haben und wird von einer Witwe nichts wissen, wo ich ihr Briefchen, wie von ihm erbeten, ja geheißen, vernichtet hatte.

Wieder mal hatte ich den Eindruck, wir lebten hinter den Kulissen oder wir träfen uns dort und nickten im Vorbeigehen einander zu, und er weiß, was ich weiß, dass ich ihn in diesem Augenblick nicht ansprechen kann, für ihn ist Hochalarm, für mich ist Sendepause, und eben deshalb gebe ich weiter auf ihn Obacht, ohne dass ihm das aufstößt. Insofern balanciere ich auf der roten, der knallroten Linie zwischen Wahrheit und List, und List ist im Unterschied zu China in unseren Breitengraden ein anderes Wort für Betrug. Als sollte ich auf dem Seil stolzieren, ohne zu schwanken oder daneben zu treten, nüchtern wie ein Pfau, der nichts von sich hermacht, geschweige, dass er auf die Idee käme, sein Rad zu schlagen. Was schreibe ich da? Marus Lorbert ist praktisch nie dabei, wenn es mich verlangt, das buntfederne Rad über meinem Kopf aufzufächern und damit jeden blassen Heiligenschein zu übertrumpfen. Auch sonst trennen uns Welten, Welten zwischen Kunst und Ökonomie, darüber haben wir oft gelästert, sodass sich ein fester Steg dazwischen gebildet hat, und falls ihm bald von der Met ein Dirigat angeboten werden wird, ist es noch früh genug, ihm zu schildern, wie ich kürzlich in New York den schönsten Pfau meines Lebens gegeben habe.

Dass ich für Marus Lorbert, wenngleich nicht in seinem Namen, meinen Standpunkt zur Inszenierung von »Mazeppa« in Bratislawa genutzt habe, um seine Ästhetik gegenüber einigen Knallköpfen in den sozialen Medien zu behaupten, versteht sich von selbst. Denn es ging dabei nicht um das Kollegialprinzip, mit dem der Journalist der »Konturen«, eines Online-Magazins mit wer weiß wieviel Abonnenten und Nutzern, Marus Lorbert bedrängen wollte, den Angriffen gegen den Regisseur Lukas Haunstett zu wehren, sondern, so mein Verdacht, ihm eigene Vorbehalte, möglichst Geringschätziges über Haunstett zu entlocken, das sich dann aufblasen ließe. Diese Angriffe auf Twitter sind so lächerlich wie gefährlich, nicht mit Argumenten kreuzt man dort auf, es kommt einzig darauf an, den eigenen Standpunkt zu verbreiten, allenfalls noch den gegnerischen zu verunglimpfen. Und was ein laues Lüftchen zu bleiben schien, erhebt sich im Nu zu einem Shitsturm.

In der von Marus Lorbert auf das Feinste dirigierten Aufführung soll Haunstett den Hauptmann Mazeppa so negativ, so tendenziös unvorteilhaft gezeichnet haben, dass man von einer teuflisch indirekten Parteinahme, von einer Propaganda für den Kreml sprechen müsse. Aber hallo! Es handelte sich um eine Wiederaufnahme, bei der Premiere im Januar war das höchstens von einem Kritiker als behutsamer Einwand vorgebracht worden. Immerhin lässt Mazeppa seinen einstigen Freund und Vater seiner allzu jungen Frau Maria nach der Heirat foltern und hinrichten, bevor er sich mit seinen Kosaken den schwedischen Truppen gegen den russischen Zaren anschließt. Und jetzt erheben sich Stimmen, die von der Intendanz verlangen, die Oper, die ohnehin nur noch zweimal gegeben werden soll, abzusetzen, zum Glück so schrill wie vergeblich. Schließlich steht in Bratislawa kein einziger Russe auf der Bühne und mit dem von Maria abgewiesenen jugendlichen Schwarmkopf Andrjew tötet Mazeppa einen Soldaten, der auf russischer Seite gekämpft hat, und daran kann ein ukrainischer Patriot eher wenig zu kritteln haben. Am Premierenabend habe ich gegen Ende aufrichtig um den geschlagenen, noch so brutalen Flüchtling Mazeppa gefürchtet, wo ich doch dem jungen Andrjew in seinem verständlichen Hass gegen den überalterten Lüstling hätte die Stange halten sollen. Aber wie viele im Publikum und tags darauf in der Presse habe ich dem gnadenlosen Mazeppa zugute geschrieben, dass er sowohl seine Niederlage gegen den Zaren überlebt als auch seinen quasi natürlichen Rächer besiegt, einen mit Russland verbündeten Heißsporn, na, symbolisch die Jugend. Zwar tapfer, aber ungelenk traut Andrjew sich zu, mit einem Säbel einer Pistole zuvorzukommen, die Mazeppa dann umstandslos abfeuert und seine Flucht ohne Maria fortsetzt. Ein letztlich nicht mehr zu entwirrendes politisches und emotionales Knäuel, vor dem sich Maria, die einzig Unschuldige auf der Bühne, nur in den Wahnsinn flüchten kann.

Dass diese musikalische Tragödie einige Gemüter im Nachbarland der Slowakei derart erhitzt hat, ist zweifellos auch eine Auswirkung der anhaltenden Krise in der Ukraine, wo seit Wochen die Nerven blank liegen, nachdem sich diese seltsamen Soldatendarsteller in Uniformen ohne Hoheitszeichen tatsächlich als russische Soldaten entpuppt haben und in einer Mischung aus schlechtem Gewissen und billiger List die Halbinsel Krim heim ins Reich geholt hatten, unterstützt von

sogenannten Selbstverteidigungstruppen, die gar nicht an-
gegriffen worden waren. Auf all das, so habe ich per Twitter
deutlich gemacht, will Marus Lorbert sich rein deshalb nicht
einlassen, weil für ihn das Politische dieser Oper sich im Leid
von Maria vermittelt, in ihrer unglückseligen Gattenwahl, der
Ermordung ihres Vaters, und die historischen Fakten, wie so
oft bei Tschaikowsky, vornehmlich zur schwerblütigen Stim-
mungsmalerei einladen, und das gilt auch für die Entschei-
dungsschlacht bei Poltawa. Dieses Vorspiel zum dritten Akt!
Marus Lorbert hat es so feinsinnig rabiat wie nur ihm möglich
dirigiert und damit fühlbar gemacht, wie dort, wo das Kampf-
und Siegesgetümmel mit Pauken und Trompeten verherrlicht
wird, sich in den Pausen aus Erschöpfung und Sammlung das
Echo der Totenklage erhebt. Wer will, darf sich das noch einmal in Bratislawa anhören.

Um etwas Ketzerisches einzuflechten: Eigentlich ist Marus Lorbert so wenig zum Dirigenten geboren wie es Demosthenes zum Redner war, er verheddert sich schnell im Umgang mit einer Menge Menschen vor ihm, noch dazu wenn es eine störrische oder träge, nur schwer zu leitende ist, da streift er die Grenze zur Niederlage und schlägt zurück, so verstehe ich das. Legt er sein Gewicht auf den linken Fuß, entlockt ihm das eine charmante Bemerkung, erwischt ihn ein Misston auf dem rechten Fuß, entfährt ihm ein so scharfer wie vernichtender Zwischenruf, und steht er auf beiden Füßen, kann er vulgär werden bis zum Fremdschämen. Das muss ich mir so ausmalen. Weil ich äußerst selten in die Proben einschleiche, war ich bei solchen Szenen, über die sich manche Musiker hinter vorgehaltener Hand beschweren, aber noch keiner sich öffentlich aufgelehnt hat, praktisch nur dieses eine Mal mit Andrea Vinci dabei. Erstens habe ich einen Kalender voller Termine, so klein ist meine Agentur schließlich nicht, und zweitens wäre das der Schritt zu viel: unerbetene Vorstöße in seine Werkstatt, ein Vertrauensbruch, bei dem er mich irgendwann ertappen würde, schon das Wort ertappt! Ich bin kein Heimlichtuer und kein Leisetreter, was einmal gut gegangen war, gebe ich kein zweites Mal zum Abschuss frei, derart übermütig bin ich nicht, schon gar nicht Marus Lorbert gegenüber. Er lädt selten einen Interessierten zu einer Probe dazu und nicht immer aus durchschaubaren Gründen, viel öfter weist er Neugierigen die Tür, die nur das Ihre als Zeugen beitragen wollen, damit mit den Legenden auch ihre Verbreiter etwas von der Bewunderung abbekommen, die ein Legendärer auf sich zieht.

Wie weiß Gott nicht alle Dirigenten kann man Marus Lorbert damit jagen, dass man ihn einen Maestro nennt, gar einen Pultvirtuosen, für ihn sind das Wörter von vorgestern. Seine Dynamik ist nicht übertrieben, seine Gestik mag sich ins Rauschhafte steigern, sie hat trotzdem nichts Theatralisches, er ist weder Stardirigent noch Nachschöpfer und erst recht nicht Kult, er versteht sich nicht als Diener der Partitur, eher ist er ihr Vollstrecker, den Klang des Orchesters holt er oft mit links hervor. In gut gelaunten, sich dann an der eigenen Schadenfreude ergötzenden Momenten zieht er über andere Dirigenten her, lebende oder tote, wobei mir selten klar wird, ob es ein echtes Bekenntnis ist oder ob er mit mir seine Scherze treibt. Mit Furtwänglers Aufnahmen zum Beispiel beschäftigt er sich immer noch, ihn lockt sein Antipode, und zugleich freut es ihn diebisch, wie weit er mit technisch bestens ausgebildeten Musikern Veraltetes oder Überspanntes hinter sich lassen kann. Von den Neueren lässt er den kürzlich gestorbenen, gestrengen Michael Gielen gelten, den wiederum ich nie auf dem Radar hatte, von Blomstedt außer seinem hohen Alter das Festhalten an Beethovens Metronomzahlen, nichts sei unspielbar und falls doch, sei diese Unspielbarkeit eingefügt und fordere die Annäherung ans Menschenmögliche. Dabei ist es ihm ja nicht um Perfektion zu tun, das sei der Irrtum von Karajan gewesen, schön ist ihm nicht der hochpolierte Klang, für Marus Lorbert muss fast alles, was er dirigiert, Mozart und Beethoven sowieso, feuriger als der brennende Dornbusch in der Wüste und trotzdem roh und bedroht wie das Häutchen im Innern eines Vogeleis – seine Formulierungen, und besonders das Häutchen hat mich belustigt, sein ungestümer Griff nach sprachlichen Bildern, wenn er in Form ist, verdutzt mich immer wieder.

Verdammt heikel war es geworden, als die Süddeutsche seine Art zu dirigieren an den ähnlich schwierigen Carlos Kleiber erinnerte, Marus Lorbert wollte dafür sorgen, dass dem Schreibenden der Zutritt zu seinen Konzerten verwehrt werde, und sogar mich dafür einspannen. Ich konnte ihn davon abbringen, sich mit solchen Versuchen nur selber zu schaden, zumal da etwas dran war an jenem Vergleich, eine ähnliche Empfindlichkeit, überirdische Reizbarkeit und teils Selbstüberschätzung bei aller Selbstkritik, teils Angst vor der eigenen Courage. Manchmal deute ich in einer späten Runde so etwas an. Kommt jemand auf Marus Lorbert und seinen Ruf zu sprechen, liefere ich ein Stichwort, listig bis stichelnd und doch so, dass keine und keiner, die es meinetwegen weitertragen mögen, mehr sicher ist, wer sie darauf gebracht hat, die Debatte soll köcheln, sie nährt meine Agentur. Kein besonders ehrenwerter Charakterzug von mir, ich weiß, es hängt auch davon ab, wie viel ich getrunken habe. Aber erstens mache ich keine Weltanschauung daraus, das wäre nur zu meinem Nachteil, zweitens gibt auch Marus Lorbert solchen Launen nach, wenn es um den vierfachen Großvater Lorin Maazel geht oder um Thielemann, von dem er schon mal nicht begreifen will, wie man mit so einem Haarschnitt nach Bayreuth reisen kann. Nun, aus solchen Spitzen gegen platte Äußerlichkeiten klingen innere Vorbehalte, und entschieden überheblich dürfen sie sich auch anhören, ich bin mir sicher, dass er Thielemann nicht unterschätzt.

Zum Glück hat mich Marus Lorbert noch nie aufgefordert, mit ihm zu joggen. Am Ende würde ich ihm, könnte ich keine Termine vorschützen, nachgeben, wo es mal eine Zeit und eine Freundin gab, die mich mit innerlichem Jubel in der Stimme empfing, ich sähe jünger aus denn je, wenn ich herrlich erschöpft vom Uni-Sport kam. Ich müsste nach meinen alten Turnschuhen kramen oder mir gleich ein Paar blendend weißer Laufschuhe kaufen, mich mit ihnen an seiner Seite halten, bis er das Tempo drosseln und meinen nachlassenden Kräften anpassen würde, falls wir nicht abgemacht hätten, wann oder wo ich abreißen und ihn allein weiterlaufen ließe.

Dann wäre ich letzte Woche vielleicht dabei gewesen, als am Seeufer irgendein Spinner einem vor Marus Lorbert her laufenden Jogger weder mit Schimpf noch Fluch und ohne jeden Anlass urplötzlich gegen die Beine trat, was den leichtfüßigen, auf nichts gefassten Freizeitsportler auf den geteerten Weg warf. Weil Marus Lorbert sah, wie sich ein Spaziergänger gleich über den Gestürzten beugte, war er dem heimtückischen Kerl, der laut maulend und schreiend davonstob, nachgesetzt und hatte ihn am Oberarm gepackt, aber in seinem wahnähnlichen Zustand schlug und trat der Mensch wild um sich, riss sich nach einem kurzen Handgemenge los, hetzte über die Blatterwiese dort und verschwand hinter der brandroten Mauer um den Chinesischen Garten. Marus Lorbert kehrte um und suchte den überrumpelten Jogger, von mehreren Leuten, meist jungem Volk, umringt, zu beruhigen, falls dieser nicht umgekehrt ihn beruhigen wollte, so genau weiß ich das nicht, ich weiß nur, dass Marus Lorbert die Schmerzen an Schulter und Rippen erst auf dem Weg von der Ambulanz nach Hause spürte. Immerhin ist nichts gebrochen, auch nichts ausgerenkt, aber das nächste Konzert hat Marus Lorbert abgesagt, und ich bin gespannt, welche Gerüchte sich darum ranken werden, welche Launen man ihm diesmal nachtragen wird. Es gibt ja überall die Schlechten, die sich Schlechtes dabei denken, und auch das noble, über solche Missgunst sich erhaben fühlende Publikum ist durchlässig genug, um die eine und andere Verleumdung einsickern zu lassen. Wenigstens hat sich dieser Vorfall, während er von Mund zu Mund ging, nicht so weit gewandelt und Marus Lorbert zum ursprünglichen Opfer gemacht. Und niemand hat diese abstoßende, vom anonymen Gewusel einer kleinen Weltstadt ermöglichte Attacke zum Racheakt eines tödlich beleidigten Musikers aufzublasen versucht, ich könnte mir auch keinen fein empfindenden, seine Kunst liebenden Musiker hinter diesem grobschlächtigen Schläger vorstellen. Aber ich konnte mir so einen Überfall, bevor er geschah, ohnehin nicht vorstellen, nicht in Zürich und nicht ohne jeden religiösen Anhauch wie in Paris oder London. Der Täter muss unzurechnungsfähig sein, ein geistig Verwirrter, an dem mich am meisten verwundert, wie er unerkannt abtauchen konnte. Bei ihren Nachforschungen in den Anstalten der Umgebung stieß die Polizei auf nicht einen Verdächtigen, am Ende wird dieser Mensch erst beim nächsten Ausraster ein Fall für die Fachwelt werden, kein fanatisch stiller Brutalo, der erst auffällt, wenn er vor einer staatlichen Einrichtung oder auf einem heiter belebten, seine Wut anstachelnden Boulevard zum Amoklauf ansetzt. Marus Lorbert wird sich nicht von seiner Joggingstrecke abbringen lassen, das ist mir klar, wer derart ungebrochen, derart durchhaltend seine künstlerischen Ziele verfolgt, der kann auch im Alltag stur sein. Er wird wieder laufen, noch im November, süchtig danach, so seine Worte, wie die Schuhsohlen das Trottoir berühren, wie der staubige, schrammende und schabende Stein ihm Schulter und Rippen erbeben lässt, sobald beides nicht mehr schmerzt.

Freilich könnte ein Ehrgeizling aus dem kulturellen Umkreis sich diesem Marus Lorbert, diesem zum Anfassen nahen Star von Jogger anschließen und im Schweiße seines direkt obszön eng anliegenden Trikots mithalten wollen. Ich war versucht, ihm das auszumalen, als Marus Lorbert mir vorhin, den Arm in der Schlinge, im Rialto die ganze Geschichte erzählt hat. Aber er hätte womöglich das Lokal verlassen, er war nicht in der Stimmung, das auf die leichte Schulter zu nehmen, Kunststück, Gruß aus Kalau, und auch mir war schon besser zumute, der Ausfall des Konzerts bedeutet ein Ausfall auch für mich plus einen Zusatz an Versicherungskram.

Im Auto nach Hause kam der Germanistikstudent in mir hoch und wollte wissen, ob das eine unerhörte Begebenheit war, dieser Überfall aus dem Nichts und für nichts, aber damit wäre das, was ich seit Wochen schreibe, noch keine Novelle. Ziemlich unerhört am Ganzen ist höchstens, dass es einen international bekannten Dirigenten getroffen hat und nicht einen wackeren Angestellten, der am Computer nur seine Finger braucht. Gleich genehmige ich mir einen Whisky, eine Grappa oder einen Calvados, die Entscheidung wird mit den paar Schritten zur Hausbar fallen. Angeblich hat man sie schon getroffen, bevor sie einem bewusst wird, wie Nietzsche lange vor den Neurologen notiert hat, ich hätte die Stelle im letzten Nachlassband anstreichen sollen, so werde ich sie nicht mehr finden. Wodka? Marus Lorbert achtet Schostakowitsch hoch, gerade dessen schrill und ingrimmig aufbegehrende Vierte, er liebt die Musik vieler Russen, schätzt russische Literatur, nicht russische Politiker, und Wodka soll man ja nicht riechen können, aber es ist eh keine Frau hier für einen Gutenachtkuss. Also doch Whisky? Und den ersten Schluck auf Charles Ives? Oder eine Grappa auf Verdi? Ein Prosit auf all ihr Genies, einer muss da sein und auf euch das Glas zur Brust nehmen! Oder einen Calvados in Erinnerung an die Fahrt in die Bretagne mit dem 2CV nach fünf letztlich vergeigten Semestern? Dass mich Marus Lorberts Verletzung derart durcheinander bringt! Ich bin kein schlechter, das Persönliche mit dem Wirtschaftlichen heillos verknüpfender Geschäftsmann, und ich bin kein Weichei!

In zwei Jahren wird es so weit sein, Marus Lorbert wird dann den »Tristan« in Dresden dirigieren und vorläufig nur den »Tristan«, obwohl er das chromatische Gleiten dort, wenngleich unendlich raffiniert, direkt unmoralisch findet oder fand, dem pflichtete ich vor Monaten bei oder widersprach, wer wollte das unterscheiden, und ohnehin habe ich mein eigenes Verhältnis zu Moral und Unmoral. Im »Tristan« geht es um Stimmung, um Effekt, um ein bis dahin buchstäblich unerhörtes Klangfarbenspiel, und Wagner hatte gar nicht erst bestritten, dass es nur unmoralisch sein könne, sich mit dem Totschläger des Geliebten in Ekstase zu versetzen, wobei der Geliebte noch eins draufgibt und seinen Herrn und König zum Hahnrei macht, eine ruchlose Tat, ein Verrat an Freund und Staat. Das mag die Legende, so Marus Lorbert fast feixend, mit Hilfe eines Zaubertranks verbrämen, noch dazu versehentlich geschluckt, es bleibt ein Vorwand, ein recht plumper Kunstkniff, durch den die Frage nach Schuld und Sühne für die Akteure verstummen soll. Tristan und Isolde dürfen die Strafe des Todes als höchste Lust, als Vollendung empfinden, und wenn Wagner dazu chromatisch bis zur Intensitätsgrenze fort gleitet, dann ist das halt von einzigartiger Durchtriebenheit.

– Aber Heiner, es ist mir klar, dass Wagner damit das Moralische auflösen wollte, Wagner hat selber geglaubt, sein »Tristan« würde verboten werden, wenn man ihn richtig verstünde, und heute versteht man ihn richtig. Man will das alles so hören, will es genießen, wie die Musik von einer Tonart in die andere schwimmt und schliert, wie sie hier bei sich ist und dort bei sich ist, diese Musik ist quasi überall daheim, sie ist vielleicht sogar etwas anderes als Musik. Mindestens als die Musik bis dahin. Für manche hat sie etwas Manipulatives, unerträglich Schlüpfriges und diese wackeren Versteher feinden es an.

– Aber Kunst ist ja immer Überschreitung, oft genug auch Übertreibung.

– Trotzdem hat man das keinem Komponisten sonst vorgeworfen. Niemand fühlt sich von Beethoven, Verdi oder Mozart, selbst von »Così fan tutte« manipuliert oder sonst wie ausgetrickst und wehrlos wider Willen fasziniert. Bei ihnen und bei praktisch allen außer Wagner hat man nie den Eindruck, dass sie auf Wirkung aus sind, auf nichts als Wirkung, oder? Aber wenn Wagner exzessiv von Halbton zu Halbton schwelgt, dann jagt das dem Publikum den Schauer über den Rücken. Und das ist heute von ihm erwünscht, oder von einem großen Teil, ein großer Teil des Publikums will heute wieder mehr als Gänsehaut.

– Nämlich tiefe, tiefe Schauer. Heute wieder? Oder heute besonders?

– Wagner hat seine Melodien in Venedig spielen und in den Gassen pfeifen gehört. Heute sind wir grundsätzlich skeptischer. Was daran mal deutsches Wesen war, an dem die Welt genesen sollte, beschäftigt niemanden mehr. Auch nicht, dass der Lohengrin zum Beispiel die Lieblingsoper von Thomas Mann und von Adolf Hitler war.

– In ihrer Jugend. Zwei junge Deutschnationale, damals noch ungeschieden.

– Und wie weit sind sie auseinander geraten. Und blieben doch ihrer Zeit verhaftet. Wie wir der unsrigen.

– In dreißig Jahren wird man über uns lachen.

– Einzelne werden zu uns zurücklauschen, es wird genügend Konserven geben. Nimm Celibidache, der schlaue Stratege hat alles so langsam dirigiert, dass es erst nach seinem Tod auf den Markt gelangen konnte.

– Zum Glück hört er das nicht mehr.

– Und siehe da, Mängel in der Balance, unstimmige Tempi, spieltechnische Unebenheiten. Was er in den Proben ausgemerzt hat, kehrte bei der Aufführung wieder.

– Man muss sich nicht wirklich jede einzelne Phrase vorführen lassen, als bekäme man ersten Mal zu hören, wie sie klingen soll.

– Ich sag dir was. Wer heute nach Wagner giert, nimmt das moralisch Fragwürdige gern als Kitzel an. Die Leute kosten davon und wollen darin schwelgen, bis es ganz unten, in den Unterleib eingedrungen ist. Man will ja auch beim Partnertausch in »Così fan tutte« mitspielen, selbst wenn das eine der traurigsten Opern überhaupt ist.

– Man will eben nicht nur das Hohelied auf die Gattenliebe im »Fidelio« hören, man will den eigenen Schwächen, dieser Kehrseite der Moral erliegen. Für einen Opernabend. Mit kaum kaschierter Inbrunst.«

– Ohne verlegene Gesichter hinterher.

– So wie sich heute kaum jemand seiner oder ihrer Fantasien geniert, wer Hand an sich legt. Es kommt höchstens auf das Niveau der Vorlage an, und da ist man mit Wagner in den höheren Rängen.

Marus Lorbert schien das überhört zu haben und schüttelte trotzdem den Kopf. So werde er an den Tristan nicht herangehen, er werde das Publikum nicht selbstvergnügt ziehen lassen wie aus einem Kinocenter.

– Denkst du überhaupt ans Publikum?

– Tue ich nicht, Heiner, ich spüre es.

Buchstäblich hinter seinem Rücken, ergänze ich jetzt beim Schreiben, da ist das Publikum wahrhaft da.

– Und wenn du einmal in den Saal trätest und außer deinen Musikern wäre niemand dort?

– Der Beifall ist eine Erlösung, nichts anderes, keine Steigerung ins Unendliche oder in sonst was Höheres, das mag er für die Eitlen unter den Kollegen sein oder meinetwegen für den Orchesterwart.

Den Orchesterwart wollte nun ich überhören.

– Aber würdest du den Einsatz geben, wenn, wie auf geheimen Ratschluss eines Höheren, außer dem Orchester sonst kein Mensch im Saal wäre?

– Wie der Prediger in der leeren Kirche? Wer soll das da oben sein, der mir eine derart schaurige Vorstellung vor einem leeren Saal zumuten wollte? Also, nur für ihn spielen und für niemand anderen.

– Eine Steigerung in die Einsamkeit an sich?

– Eher ins Religiöse. Das liegt mir nicht.

– Für Bach war das kein abwegiger Gedanke.

– Er hatte seine Gläubigen und sie hatten ihn und konnten das nicht einmal wissen.

Wenn es nicht an den Musikern gelegen habe, wenn er nicht in sein Dirigat hineingefunden habe, wenn er innerlich steif geblieben sei und am Schluss dann doch der Applaus der einströmenden Menge durch den Saal donnere, dann könne das nur der Donnerhall des strafenden Gottes der Kunst sein.

– Donnern die Musen?

– Glaubst du etwa, sie küssen? Sie sind den Engeln näher als uns.

Marus Lorberts Telefonanrufbeantworter ist deaktiviert, seine Handynummer kennen nur wenige und wundern sich nicht mehr, dass das Ding meistens abgeschaltet ist, aber ich erreiche ihn trotzdem, wann immer ich ihm etwas anzubieten habe, eine Einladung, die nicht jeder erhält, einen Aufführungsort, für den man seinen Veranstaltungskalender umschreibt. Darauf ist er neugierig, schon um es mir hoch anzurechnen, dass ich ihm die Gelegenheit biete, auch brüsk abzulehnen oder die doppelte Gage zu fordern. Solche Angebote kommen ja niemals derart dringend, dass sie über Nacht wahrzunehmen wären, selbst für einen kranken Kollegen einzuspringen hat seine Frist, es bleibt ihm immer die Zeit, mir im Rialto zu sagen, er könne nicht dirigieren. Tatsächlich habe ich das von ihm mehrfach gehört, auch unfreiwillig, er könne nicht dirigieren, sagte er da in der Nische vor der Garderobe, wo er mich nicht bemerkt hatte, es sei alles ein einziger Bluff, ein Lebensbluff, ohne seinen Agenten blieben seine Aufnahmen im Archiv oder sonst wo stecken, manchmal brauche er Ermunterungen selbst von Ahnungslosen, irgendetwas Ansteckendes, und das biete ihm sein Agent, auch wenn der Heinrich Blüm nicht immer ganz ehrlich sei.

Selbst von Ahnungslosen? Ich nahm es als allgemeine Formulierung und habe nicht den Protestierenden gemacht, wo ich ihn, blitzschnell im Schritt innehaltend, praktisch belauscht hatte, und im Zweifel, ob er die Frau, mit der er da schwätzte, nicht auf den Arm nahm. Es stimmt schon, ich bin nicht immer ganz ehrlich, niemand in meinem Business kann sich das leisten, nur was soll ich mich mit anderen vergleichen, ich habe meine eigene Weise, um im Geschäft zu bleiben, ich weiß den schwierigsten, den permanent unberechenbaren unter den gefragten Dirigenten zu nehmen, obwohl ich nicht immer begreife, warum er dieses Engagement annimmt und jenes verwirft. Er ist ein Könner in seiner Branche, und ich bin es in meiner, auch wenn ich vor ihm nie von seiner »Branche« reden würde und nur selten mal auf mein Business poche, das er eigentlich verachtet. So manchen Deal hat er mir schon vermasselt mit seinen Zweifeln an sich selbst, seinen Koketterien, hinter denen er seine Sucht zu gefallen so gut versteckt, dass er offenbar selber darauf hereinfällt, behaupte ich.

Jeder Mensch hat seine weiche Stelle und falls nicht jeder, dann jedenfalls Marus Lorbert und ich haben sie, seine weiche Stelle ist seine Nachgiebigkeit mir gegenüber, an jemandem möchte auch er sich halten können, manchmal wenigstens, und er hätte weiß Gott auf einen schlechteren Partner stoßen können. Denn auch ich habe meine weichen Stellen, und eine besetzt dieser unbändige, keinem Haus ganz zu verpflichtende Gastdirigent. Er ist nicht das, was ich einen Menschenkenner nennen würde, obgleich das auch gegen mich verwendet werden kann, er kann sich kaum in andere versetzen, will es vielleicht, schafft es aber erst dann, wenn sie ihm in ihren Rollen auf der Bühne begegnen. Dann erspürt er unter ihren Kostümen und Masken ihr Innerstes, als habe er sie selber geschaffen, gemeinsam mit Mozart, mit Verdi, mit Puccini, mit Alban Berg und Richard Strauss, mit ihren Seelen, ihren Auferstehungen auf Notenpapier. Außerhalb des Konzertsaals, außerhalb des Opernhauses wirkt er abwesend bis unbedarft oder auch selbstherrlich, er könnte Frau Wertheimer nach jener Probe, in der sie ein paar Reihen vor mir entschlossen schien, bis zum Schluss auszuharren, doch bemerkt haben und die gute Frau mit bösen Blicken hinausgewiesen haben, ohne sie wiederzuerkennen.

Wie es mich reizt, ihn jetzt doch auf die Szene damals im Rialto anzusprechen, nicht halb im Scherz, sondern ganz im Ernst ihm zu sagen, wessen Witwe diese Frau war! Ich bin in dieser Verfassung, bin in dieser Wut, bei diesem von mir ausgehandelten Plattenvertrag mit der DGG spüre ich meine weiche Stelle hart werden, verdammt hart. Dass er sich mit dem Tonmeister überwarf, darauf bestand, er und kein anderer entscheide, welche Sequenzen zu wiederholen seien und welche Takes am Schluss auf die Platte kämen, ich wäre der Letzte, das zu missbilligen, nachdem der Tonmeister es darauf angelegt hatte, es diesem Lorbert mal zu zeigen, und er damit prompt an den Falschen, den richtigen Falschen geraten war. Aber durch diesen Tölpel verärgert, hat Marus Lorbert die halbe Besetzung der Solostimmen verunglimpft, Sängerinnen und Sänger mit jeder Menge Engagements auf Jahre hinaus in ihren Taschenagenden, und ich bin wahrlich kein Taschenagent. Die große Baldini war ihm bis zum Schluss zu langsam, eine verschleppte Elektra, die Stimme der Klytemnästra ertrug er nicht, Chrysothemis fand er launisch statt beherzt, ausgerechnet er, der Launischste von allen. Und dann soll auch ich ihn verraten haben, mit meiner Scharwenzelei angeblich vor dem Chef der Deutschen Grammophon, Scharwenzelei, das war zu viel, absolut, wo ich ein speziell hohes Honorar für ihn herausgeholt hatte.

Statt mich zu umarmen und mit mir anzustoßen, schickt der Kerl einer Handvoll ihm wichtiger Leute einen Mitschnitt seiner »Elektra« in Zürich, um zu beweisen, wieviel besser er im Konzertsaal sei als auf dieser verknorzten Aufnahme in einem toten Studio. Er hätte diese »Elektra« nie und nimmer freigeben dürfen, verbreitet er, ich hätte ihn ins Unglück gestürzt, wegen mir sei er untreu geworden gegenüber sich selbst, wegen mir, ausgerechnet. Zum ersten Mal spüre ich die Wucht seiner verqueren Anschuldigungen, verstärkt durch seine Ungerechtigkeit, seine Selbstbezogenheit, seine Blindheit für andere, für seinen besten, vielleicht einzigen Freund. Schnapp dir deine Sneakers und verschwinde mal ein Weilchen!, das habe ich ihm vorgestern im Rialto nachgerufen und wieder die Rechnung übernommen, und der verständige Francesco hat schwach dazu gelächelt und den Geldschein in sein Ledermäppchen genestelt, auf einmal umständlich wie ein Aushilfskellner.

Hab meinen Ausfall nicht bereut, bis heute nicht, es hat Marus Lorbert ja treffen sollen und es hat ihn getroffen, was mir da herausgefahren war. Das einsame Gerenne durch Straßen und Parks passt zu seinem eigenbrötlerischen Wesen, das ich ihm langsam verarge, das ihm erschwert, mit einer Menge sympathischer Leute wie einem Sinfonieorchester aufgeschlossen umzugehen, und passt er nicht auf, wird er bald Intuition durch Kondition ersetzen müssen. Er war ja in den ersten Jahren ein Nervenbündel gewesen, wie mir kürzlich wieder gesagt wurde, so unsicher, so verängstigt, dass er sich nur durch seine Sorgfalt, seine Gewissenhaftigkeit und, einmal drin, peinliche Genauigkeit beim Studium der Quellen das Ansehen erwerben konnte, das ihm so wenig schnuppe sein kann wie die Doppel-CD, die am Ende des Jahres den »Klassik Echo« oder was immer abräumen wird.

Mein lieber Marus, du kannst mich jetzt Heiner nennen, aber denke darüber nach, nein, hänge es dir übers Bett oder in jede Garderobe, in die du noch kommen wirst: Willst du erfolgreich bleiben, willst du ohne Wenn und Aber der werden, der du vielleicht doch noch nicht bist, dann müssen, Marus, Lust und Mut alle Zweifel übersteigen, auch oder erst recht alle Selbstzweifel. Obwohl er das weiß, werde ich es ihm noch einmal sagen, ist erst der Pulverdampf verraucht. Es wird seine Aufgabe bleiben, seine Herausforderung bis zuletzt. Genie ist Mut im Talent, werde ich ihm sagen, egal wo gelesen, sobald ich ihn erreichen kann, sobald er zurück ist aus diesem Grindelwald, seinem Grindelwald, in das er sich einmal mehr verzogen hat, vielleicht aus Zorn, vielleicht aus Trotz, vielleicht aus beidem. Weiß der Teufel, warum er sich überhaupt das Chalet dort hält und was er in diesem platten Straßendorf treibt, womöglich die Berge anstarren, ihm ein Kraftzentrum, es soll ja solche Orte geben. Am Ende ist er doch esoterisch stärker angehaucht, als er mir angedeutet hat? Er liest ja fernöstliche Klassiker, Aufzeichnungen von Weltflüchtigen, Betrachtungen von Hüttenexistenzen über die Stille oder den wahren Weg, weit weg von ausverkauften Häusern, von Premierengemurmel, von einsamen Witwen musikalisch gescheiterter Selbstmörder. Im »Daodejing« habe ich lange herumgeblättert, auch ihm zuliebe, mehr und mehr verunsichert, was von dem überlieferten Text, seinen Bruchstücken zu halten sei, es gibt ja eine Unmenge Übersetzungen davon und vermutlich sind sie alle auf ihre Weise richtig, und man gerät auf Treibsand, wenn man beginnt, sie zu vergleichen, erst recht, wenn niemand weiß, wie viele unbekannte Urheber dieses Kaleidoskop von Denkansätzen überhaupt hat. Ihn rührt so etwas weniger als die unsichere Quellenlage einer Sinfonie, als verschiedene fragwürdige Fassungen einer unvollendeten Oper, nur vor solchen Quellen ist ihm unwohl bis zu Fieberschüben. Noch nie war er dazu bereit, ein Werk, das mit dem Tod des

Komponisten Fragment geblieben und von einem anderen angeblich vollendet wurde, zu dirigieren, er macht sich für den »Wozzeck« stark, ist aber für »Lulu« nicht zu gewinnen, und er zögert auch deshalb vor Bruckners Sinfonien, diesen verfestigten Dokumenten manisch wogender Unsicherheit, seine Worte. Komischerweise verübelt er es aber Ives mitnichten, wie wurschtig dieser Kauz mit Notationsfehlern, sogar in seinen Autographen umging, für ihn ist das ein Teil von Ives' bewusst passiver Bereitschaft, sich durchlässig zu halten und praktisch alle Arten von Musik bis hin zu Geräuschen einzufügen oder abzukupfern, je nachdem, was man als das Eigene gelten lässt.

Vielleicht hat Marus in Grindelwald gar nichts dergleichen dabei, keine Partitur, kein Buch, schon gar kein Handy, vielleicht pflegt er ein Verhältnis mit einer jungen Frau aus dem Hotelfach oder mit einer schönen reifen Pächterin? Er macht ja selbst mir gegenüber auf dezent, spielt den verschwiegenen Schutzheiligen nicht bloß der eigenen Intimsphäre, auch der der Frauen, seiner Frauen, es muss da einige gegeben haben und geben. Der Pflichtgewisse verpflichtet sich zum Schweigen, sein Loyalitätsbeweis, seine Art von Treue, wenn er schon nicht einer einzigen treu geblieben ist bisher, wer weiß da mehr, ich nicht, es geht mich auch nichts an. Als einer der Gebildeten unter den Verächtern des Rotlichtmilieus, angeödet von Edeldirnen und Kennenlernportalen im Netz, habe ich da wenig aufzutischen und praktisch nichts mit ihm durchzusprechen. Er schien mir freilich nie einer überwältigenden, mich neidisch machenden sexuellen Vielfalt nachzuleben, aber da bin ich vielleicht etwas naiv, meinetwegen aus Selbstschutz. Jedenfalls hätte ich ein offenes Ohr auch dafür gehabt, und das wird ihm bewusst gewesen sein und bisher gereicht haben. Unser Einverständnis konnte auch deshalb bis letzte Woche ungetrübt bleiben, weil wir uns bei diesem heiklem Thema weder etwas vorgemacht noch etwas verheimlicht, weil wir es in allem Respekt vor seinen Untiefen schlicht übergangen haben.

Was mich betrifft, ich bin so engstirnig nicht, ich hebe meinen Ärger nicht ewig und drei Tage auf, ich schleppe ihn nicht mal bis zum nächsten Treffen mit mir herum, was mich betrifft, das sind seine Aufnahmen, die freizugeben ich ihm fast jedes Mal abringen musste, zuletzt halt gegen seinen Willen, trotzdem mit Erfolg, wie sich bei »Elektra« noch zeigen wird. Und hier angelangt klappe ich den Deckel über dem Notebook zu, ein Erfolg für mich wird auch zu einem Erfolg für ihn werden, darauf würde ich mit jedem wetten, nur wette ich mit keinem, nicht einmal mit Marus selbst.

Die Worte, mir dürfen die Worte nicht fehlen. Auch dass ich es nicht fassen kann, macht es nicht ungeschehen, schafft es nicht und niemals aus der Welt: Marus Lorbert lebt nicht mehr. Vier Tage ist es her, dass man ihm im Spital die Augenlider geschlossen hat, wie ich vermuten muss, ich war nicht dabei, und ich habe es auch nicht gepackt, mich früher an den Schreibtisch zu setzen. Hätte ich besser nie begonnen, über Marus Lorbert zu schreiben, gleichsam mit der Schrift das Leben aus ihm abzusaugen? Macht der Tod, der unerwartete, ganz ungerechte Tod gar abergläubisch, selbst einen Skeptiker wie mich, im Zwist mit der Welt, mit dem Dasein in seiner unfassbaren Ordnungslosigkeit, das Sterben mit eingeschlossen? Eben habe ich die Hände von der Tastatur genommen oder sie haben sich von selbst angehoben, als sollte ich lieber die Klappe halten, nur habe ich sie noch gar nicht richtig aufgemacht. Was war passiert? WAS WAR PASSIERT? DAS war passiert, mindestens ein Unfall, wenn nicht mehr. Was mehr? Mehr als ein Unfall, ein tödlicher Unfall. Eine fahrlässige Tötung? Eine vorsätzliche? Ein Mord? Aber ist Frau Wertheimer eine Mörderin? Ihr mickriger Golf, selbst dieses Auto kann zur Waffe werden, doch nicht für sie, glaube ich, die Unglücklichste von allen, die wir leben, die wir weiterleben. Sie hat ihn angefahren, nein, von den Füßen gefegt, ausgerechnet Frau Wertheimer hat den Dirigenten Marus Lorbert beim Joggen mit ihrem Auto tödlich verletzt, so hat man das Ganze rekonstruiert.

Marus Lorberts Leben konnten die Ärzte nicht mehr retten, nachdem Frau Wertheimer offenbar die Herrschaft über ihr Auto verloren hatte, wie man das so sagt, eine Absenz, ein Herzanfall, ihr Wagen ausgebrochen und zwischen parkenden Autos auf das Trottoir geraten, ach was, geraten, auf das Trottoir geschnellt, und das genau in dem Augenblick, in dem Marus dort unterwegs war, auf seiner vermaledeiten Joggingstrecke, wo es eigentlich schon zu kalt war für diese Lauferei im Freien. Er kann das Auto nicht gesehen haben, es muss ihn voll von hinten erwischt haben, und Frau Wertheimer soll gleich gewusst haben, wer da reglos, wer da in seinem Blute auf der Erde lag, oder das behauptet man reihum. Und zum Glück im totalen Unglück hatte Marus nicht gerade ein paar Fußgänger überholt, er rannte da allein vor sich hin, wie so oft, wie immer allein, und unser Streit, eine Lappalie, auch ohne die zweierlei Meinungen: ich wäre nicht gern mit dabei gewesen, dieses Mal wirklich nicht. Im Spital hat er das Bewusstsein nicht wieder erlangt, obwohl die Ärzte, als sie erfuhren, wer vor ihnen um sein Leben rang, dies zu ihrer persönlichen Sache gemacht hatten. Gute Ärzte machen das, zumal auf der Intensivstation, immer zu ihrer persönlichen Angelegenheit, aber nicht immer gelingt ihnen das kaum noch Mögliche, das machbar mögliche Unmögliche und dieses Mal gelang es ihnen nicht.

Frau Wertheimer soll unter Schock stehen und wird in der Klinik betreut, wenn nicht beobachtet, man hat sie offenbar noch nicht einvernommen oder man hält jede Auskunft zurück. Ich kann mir eine Absicht nicht vorstellen, keinen tödlichen Plan, diesen Abgrund im Herzen einer geachteten, eigentlich liebenswürdigen, vielleicht auch merkwürdig gestrengen Frau, wie sollte wer das begreifen?

Marus habe ich erst in der Aufbahrungshalle wieder gesehen, einer Art Kammer, zum Frösteln kühl und buchstäblich totenstill, die Haken an den Wänden voll von schmucken Kränzen, wie auch der Boden um den Katafalk, worin Marus lag, im offenen Sarg. Tags zuvor hatte ich mir im Krematorium den Schlüssel aushändigen lassen und kam noch halb in der Nacht, bevor sich die Schlange von Abschiednehmenden bilden würde. Vielleicht hätte ich Viviane mitnehmen sollen, aus so etwas wie einer firmengeschichtlichen Tradition, nur so eine Tradition gibt es nicht, noch nicht, und meine Firma war mir für einmal schnurzegal. Ich wollte allein sein, allein mit dem Anblick von Marus im Frack und weißer Schleife, wofür Elenora gesorgt haben musste, nun bewegungslos, ohne Taktstock, irgendwie schmächtiger als noch vor zwei Wochen, zu Lebzeiten. Unwillkürlich suchte ich mit den Augen nach der Plastikspange, die die Kinnlade anhob, horngelb und nudelförmig, ich blickte auf die schwach geöffneten, die blutleeren Lippen, wie um mich etwas zu versichern, gegen das sich nichts sagen lässt. Mir schien der Leichnam schon nahe am Nichts, Mitleid erregend, wo doch er oder das da vor mir, die wächserne, zerfallende Verkörperung von Abwesenheit, an nichts mehr litt.

Was hätte ich da mit Viviane anfangen können? Oder sie mit mir? Wir hätten vor ihm sowieso nicht miteinander geredet und nicht gebetet, im Stehen die Hände vielleicht vor dem Schoß gefaltet, seltsam, vor dem Geschlecht, sagte ich mir, wieder draußen im aufdämmernden, vom frühen Rauschen des Verkehrs durchdrungenen Tag. Ich war so schnell hinaus gegangen, dass mich der Ruck durchfuhr, noch einmal umzukehren, aber ich kehrte dann doch nicht mehr um. Was hätte es geholfen? Nichts hätte es geholfen. Während ihrer Bürozeit würde Viviane nicht hierher kommen, obwohl sie das von mir aus tun könnte, das versteht sich von selbst, nur der Tod, der ... ach, was soll's. Ich kann ihr heute die Flut der Anrufe und Mails überlassen, mit ihrem Charme vertröstet sie selbst in ihrem jetzigen Zustand den aufdringlichsten Intendanten von Übersee und hält andere bis zum Mittag hin. Und ich fahre zum Rialto, setze mich an den Tisch, ja, genau an den Tisch, an dem wir so oft saßen, und wenn ich zwei anderen Gästen erst die Stühle unterm Arsch wegziehen muss, was Francesco verhindern möge, aber ich werde auf diesem Tisch bestehen. Und auf zwei Gläsern. Ich werde auch in sein Glas einschenken, und niemand rührt es mir an.

Wozu in die Ferne schweifen, das Gute, Aufregende, das Bezaubernde, Überwältigende, es liegt so nah, so nahe wie die CDs daheim, die Schallplatten, die DVDs in meinen Regalen. Ich sitze doch nicht ganz an unserem alten Tisch, aber allein, ich habe von Francesco sein leises, wie aus einem tiefen Brunnen gemurmeltes Beileid entgegengenommen, und er hat mir zwei Gläser Barolo vom Feinsten hingestellt, begleitet von meinem: Tja tja und noch einmal: Tja tja, was kann man da mehr sagen. Zufall? Unfall? Reinfall, Unglück? Schicksal? Wir behalten uns im Auge, raunte ich und hob mein Glas, und lass das andere bitte stehen, bis ich draußen bin, und Francesco hatte stumm genickt und blickt nur ganz verstohlen nach mir. Weil noch früh am Morgen, war ich vorher doch zur Dufourstraße gefahren, so langsam wie möglich am Unfallort vorbei, um keine Fahrer hinter mir gegen mich aufzubringen, ich habe es drei, ja vier Mal gemacht, immer schön langsam, anhalten wollte ich nicht, und tatsächlich steht da eine Menge roter Windlichter am Boden, Blumen liegen herum, nein, sind niedergelegt, auch ein Blatt Papier mit irgendwas, eingepackt in einer Plastikfolie gegen Wind und Wetter, Fotos des Verstorbenen. Die Leute sorgen immer mehr für solche trostlosen Dinge, Mahnmale für Anwohner und Vorübergehende, ich weiß nicht, ich täte so etwas nicht, und für mich bräuchte man es auch nicht zu tun, ohnehin sehe ich meine Zukunft nicht darin, in einer Unfallstatistik aufzukreuzen.

Ich habe sämtliche Aufnahmen, inklusive denen, die noch

auf den Markt kommen werden, da halte ich die Hand drauf, auch auf schwarze Pressungen, Aufzeichnungen auf Youtube, ich habe jetzt schon alles von ihm, dem größten, je gelebt habenden Dirigenten. Das ist arg pathetisch gesagt und es ist auch nicht von mir. Derart bestimmt hat es Ernst Bloch dem verstorbenen Otto Klemperer nachgerufen, der selbst im Rollstuhl mit hämmernder Gebärde seinen Beethoven, seinen Mahler mit schroffen Tempi in Marmor gemeißelt hatte, wovon sich die Orchestermusiker unter ihm nur langsam erholt haben sollen, zumal die sensiblen. Also die, die das Leben tiefer lieben, angeblich, als andere, als einer wie ich? Da lasse ich mir nichts vormachen, auch nicht von einem Soloklarinettisten, ich liebe das Leben jetzt umso mehr, mein Marus, ich proste dir zu, von mir aus darf es so aussehen, als proste ich einem Geist zu oder niemandem, als stieße ich wie ein Depp das Glas bloß durch die leere Luft. Sicher würde ich mich, wäre ich Musiker, von keinem Despoten aus dem Orchester hinaustreiben lassen, Vertrag hin oder her, ich würde mich weigern, unter Schweiß- und Angstausbrüchen so zu musizieren, dass es eine Freude nur für die Zuhörer wäre, vielleicht für die mit mir Spielenden, für den knapp zufriedenen Kapellmeister und erst am Ende gar für mich selbst. Genauso sicher hätte ich doch, wie viele, unter keinem lieber spielen wollen, von keinem mir mehr erhofft und erhalten als von Marus, meinem Marus, den ich jetzt selbst dann überlebt haben würde, kippte ich hier von einer Sekunde auf die andere, zum Entsetzen von Francesco, nach einem Herzinfarkt tot vom Stuhl.

Bei der Gedenkfeier Herrn Lorbert, seinem Vater, auch im Alter und im Schmerz ein wacker sich aufrecht haltender Mann, mein Beileid auszudrücken, war das Schwierigste an diesem Tag, und so rutschten mir nur die üblichen Formeln über die Lippen. Auch ohne je den Wunsch nach Kindern gehegt zu haben, ist mir bewusst, dass es nichts Unerträglicheres geben kann, als am offenen Grab des eigenen Sohns zu stehen, mit einer zierlichen Gefährtin, ihm eher zum Schutz anheimgegeben denn als Stütze ihm zugewandt, und wie viel er von unserer geschäftlichen Beziehung wusste, würde ich an diesem Ort, zu dieser Zeit nicht ausloten. An Elenora fiel mir sofort der zwar geringe, aber doch spürbare Abstand auf, den sie zwischen ihrem Vater und seiner Gefährtin einhielt. Von ihr hatte mir Marus, eher kein Familienmensch, zu wenig erzählt, als dass ich ihr etwas ganz Persönliches, nur sie und ihn Betreffendes hätte sagen können, und so musste ich auf meinen tiefinneren mitfühlenden Blick vertrauen. Dass ihre Mutter diesen Tag nicht mehr erleben musste, dass ihr dieser Schlag des Schicksals und so weiter, solcherlei Sprüche ließ ich mir nicht von den Lippen. Die vielen anderen Frauen, wenngleich die meisten nicht in Schwarz, mussten Verehrerinnen aus der Ferne sein, oder Marus hat mir mehr verheimlicht als gedacht, ich nähme es ihm nicht einmal dann krumm, wenn er mir seine »Elektra« doch noch verweigert hätte.

Umso mehr hingen meine Augen an den Frauen, wie sie sich

unauffällig musterten und abhakten, sie konnten schlecht andere Verpflichtungen vorschützen und wollten das gar nicht, sie wollten vielmehr dabei sein, beim letzten Geleit, im Unterschied zu manchem Rivalen am Pult. Diese Frauen waren auf ihre Weise mehr auf seiner Seite als diejenigen Dirigenten, die es sich zur eigenen Ehre gereichen ließen, sich öffentlich von dem verehrten, tragisch aus dem Leben gerissenen Kollegen zu verabschieden, gar loszusagen. Da hätten sich auch einige davon überzeugt, dass er tatsächlich weg ist, hörte ich einen Herrn, dessen Namen ich für mich behalte, später beim Leichenschmaus leise spotten, weg von der Bühne, der Welt auf immer abhanden gekommen. Weg von der lieben Erde überall, auf ewig..., ewig..., aber nicht piano, worauf er mit Mahler gegenüber der großen Karen Berger bis zum Zerwürfnis bestanden hatte, sondern dieses eine und einzige, zugleich letzte Mal fortissimo: Kein leiser Abschied, ein Knall, eine fremde Inszenierung, ohne eine eigene Vorgabe, was am Sarg zu spielen, was vorzutragen wäre.

Selber hielt ich meine Rede kurz, die Kapelle war der falsche Ort zur falschen Zeit, um mich in die Reihen der kulturellen Größen zu drängen, es war, neudeutsch gesagt, nicht mein Format. Ich gab den Demütigen und ärgerte mich hinterher doch, dass ich es nicht als Einziger tat, aber mein, wie soll ich sagen, pekuniäres Motiv habe ich exklusiv. In den Medien traten andere auf, respektvoll erschüttert wie die Nachwelt nach dem Ableben von Gustav Aschenbach, aus dem Visconti einen ekstatisch sterbenden Gustav Mahler machte, und es meldeten sich auch Feuilletonisten, deren Urteil Marus nie eine freundliche Regung entlockt hatte, sofern er überhaupt davon wissen wollte, und er wollte es selten genug. Das wird diesen Rednern und Schreibern kaum halb so wichtig sein wie die eigenen gesuchten und rasch gefundenen Formulierungen vom genialen

Ausnahmekünstler, von seiner unerbittlichen Treue gegenüber sich selbst, von seiner schöpferischen Hartnäckigkeit, von der Eleganz seiner Schwerstarbeit und so weiter und so fort.

Ich hatte Viviane gebeten, sich neben mich zu setzen, auf einmal brauchte ich eine Vertraute und hatte nur sie, bis mich durchfuhr, dass ich gar keine andere brauchte als sie. Kurz rückte ich von ihr weg, um sie aus nächster Nähe anzuschauen, und ich tat das wie zum ersten Mal, das Wie kann weg. Zusammen hätten wir uns vor dem offenen Sarg von Marus wohl nur schlecht gehalten, was ich mir zugestehen kann, aber ihr hatte ich diese existentielle Bedrängnis gar nicht erst zumuten wollen, weil, ja weil ich sie nie so erleben möchte: weinend oder irgend tränenumflort, ein kümmerliches Häufchen Elend, wenn nicht auf eine abweisende Art beherrscht. Ob sie sich überhaupt und ganz für sich vom aufgebahrten Marus, dem von ihr womöglich Angehimmelten, verabschiedet hat, weiß ich nicht einmal. Viviane ließ sich wenig anmerken, wenn Marus tatsächlich einmal im Büro aufkreuzte, außer dass sie dann die Augen verdrehen und den Blick zur Decke heben konnte, reine Tarnung, die ich insgeheim reizend fand, und mehr hatte mich nicht anzugehen. Und so sind weder ihr noch mir während dieser Feier die Tränen gekommen, gerade weil wir Marus geliebt haben, sperrten wir uns dort dagegen, die noch so gut gemeinten Reden wühlten uns nicht wirklich auf, wir wussten mehr.

Und fühlten wir auch mehr? Wir schauten uns an, nicht frontal, eher von der Seite, wie um das ganze Weltgebäude trotz allem etwas leichter erscheinen zu lassen. Ist der Tod wirklich nur der absolute Vollstrecker, ist er nicht auch ein unnachahmlicher Erwecker, ein Neues Stiftender? Im geteilten Schmerz um einen Gestorbenen, den man geliebt hat, fügt er Lebende zusammen, lässt er einen zur anderen sagen, ließ er mich zu Viviane sagen, ließ er mich in ihr, mir still geneigtes Ohr unter ihrem schwarzen Wuschel von Haaren flüstern: Wir bleiben zusammen. Und sie verdrehte weder die Augen noch hob sie den Blick zur Decke, sie blieb schlicht stumm, und auf einmal, als würde ihr erst durch meine drei Worte das ganze Ausmaß unseres Verlusts bewusst, stahl sich ihr doch Wasser in die Augenwinkel, und ich hütete mich vor jeder plumpen Geste und ließ mein Einstecktuch stecken.

Marus hat früh sterben müssen, viel zu früh, zweiundvierzig Jahre sind einfach zu früh, doch gegen den Tod kommt schließlich keiner an, hier ein Fünfer ins Phrasenschwein, oder? Gegen den Tod mag keiner ankommen, aber nicht jeder, auch nicht jeder Künstler wird durch ihn zum Rätsel für die Nachwelt. Der Tod versenkt im Lebenswerk eines Genies dessen nie ganz aufzulösendes Geheimnis, und ich konnte nicht ahnen, dass dieses Geschick ihn in wenigen Tagen einholen würde, als Marus nach meinem Ausfall, vor seinem Glas, dem letzten im Rialto, aufgesprungen und grußlos gegangen war, irgendwann tatsächlich zu seinen Laufschuhen, und dass mir sein Nachname kaum mehr über die Lippen kommt, verschleiert mehr als es erklärt. Seit jenem Abend, der im Streit geendet hatte und dem keine SMS mehr folgte, von ihm nicht und von mir nicht, bin ich im Rialto nur noch dieses eine Mal nach dem Besuch in der Aufbahrungshalle gewesen, am helllichten Vormittag die zwei Glas Barolo vor mir. Ob ich jemals wieder ins Rialto gehen werde, steht in den Sternen, vielleicht mal mit Viviane, aber mit ihr könnte es auch die Kronenhalle sein oder meinetwegen das Café Odeon.

Ich habe die Rechte auf alle Einspielungen im Kasten, einschließlich der letzten, der »Elektra«, ich kann es mir leisten, alle mit Klagen zu verschonen, die schwarze Pressungen auf den Markt bringen, ohnehin kleine Mengen, unter entlegenen Adressen an schwer zugänglichen Orten vertrieben, es kostet mich ein Lächeln, ihren Machern einen Verehrerbonus zuzubilligen. Auch wenn dieses auf Teufel komm raus erzwungene Konservieren von Vergänglichem etwas Absurdes hat, sammle ich sogar diese Tonträger aus Kalifornien oder Italien, die aus dem weltweiten Netz zu fischen sind oder irgendwo unter dem Ladentisch hervorgezogen werden, eine Kennerromantik, die das Geschäft mit am Laufen hält, trotz jenseitiger Tonqualität, wenn aus dem Orchestergraben kaum mehr als ein Grummeln und Wabern zu hören ist oder die Sängerinnen und Sänger durch die offene Garderobentür zu singen scheinen. Für mich sind es früh verwitterte Tondenkmäler, ihr Schallen, Rauschen und Hallen erzeugt wenig mehr als Ferne, das Unzulängliche, hier wird's Ereignis, heißt es bei Goethe, und da war Fausts sogenannt Unsterbliches schon auf dem Weg hinauf in den Himmel, in dem Marus inzwischen auch..., inzwischen was auch?, fragte ich mich im Taxi auf dem Weg zum Notar Wallmeier.

Ich bin nicht mit dem eigenen Wagen gefahren, weil ich Marus gleichtun, ihm Referenz erweisen wollte, er hatte letzthin darauf bestanden, mit dem Taxi seien die Gastspieltouren einfacher, keine Parkplatzprobleme, keine Versicherungsgeschichten, und die Verkehrsregeln konnten ihm scheißegal sein, ja, das Vulgäre hatte er auch drauf, obgleich wohlerzogen, oder weil wohlerzogen, und ich hab's ebenfalls drauf, besonders dann, wenn es mir bitter ernst ist und Viviane nicht zuhört, da passe ich im Büro auf. Er hingegen machte selbst Vulgäres und Gemeines zum Spiel, er war in allem ein Künstler des Augenblicks, er konnte einer Diva einen Termin zum Vorsingen aufdrängen und sich dann mit ihr allein ins Klavierzimmer zurückziehen, um ihr danach als der idealen Besetzung zu huldigen. Ich will nicht wissen, was zwischen beiden abgelaufen war, schlecht ist, wer Schlechtes dabei denkt, aber wie konnte die Diva, die großartige Meudel, sagen, sie hätten gar nicht geprobt? Was denn dann? Geredet, wie unter wahren Künstlern üblich, und die Meudel schnippte mit den Fingern, und er sprach ab da von »seiner Meudel« und meinte doch nur ihre Stimme? Sie selber war nicht an der Beerdigung, sondern auf Tournee in Japan. Ein besseres Alibi lässt sich kaum anführen, wo etliche Frauen da waren, denen ich ein Geheimnis mit Marus und ihm selber gegönnt hätte, erst recht mit Viviane neben mir beim Leichenschmaus, für den aufzukommen mir Elenora die Ehre verweigert hatte, zweifellos nicht böswillig.

Auch daran dachte ich im Taxi, abschweifend wie der Fahrer

von der kürzesten Route, eine leicht ausufernde Tour durch die belebte Stadt, die ich nachsichtig hinnahm, ich war früh genug dran und musste bei Wallmeier nicht übermäßig auf der Hut sein, obwohl er weder ein Trottel noch ein Langweiler ist.

Wallmeier ließ mich eintreten, ohne mich vorzuwarnen, dass Frau Lorbert schon da sei, und sofort hat es bei mir geklickt, als ich Elenora erblickte, ganz in Schwarz, aus Trauer und aus Mode, etwas verspannt in einem der Sessel am niederen Tisch neben dem eigentlichen, vom hohen Flachbildschirm des Computers gekrönten Schreibtisch, und bevor ich sie begrüßte, rückte sie ein wenig nach vorn. Was dürfe er uns, so Wallmeier, anbieten, er habe so ziemlich alles da. Elenora beließ es bei einem Kaffee aus seiner Kapselmaschine, und ich schloss mich an, obwohl mir dieses Gebräu sonst zu bitter ist und es mich reizte, sein So-ziemlich-alles zu testen, selbst wenn ich mich nicht auf ein hochprozentiges Niveau an Geistesgegenwart zu hieven brauchte.

Warum dramatisieren? Marus hatte gern Postkarten verschickt, sogar an Feuilletonredaktionen, randvoll gekritzelt, ineinander verhakte Zeilen, aus denen sich runde Buchstaben heraushoben wie bucklige Wellen, und er hatte noch etwas unterschrieben: eine nie widerrufene oder ersetzte Anweisung, die seine Schwester zur Alleinerbin machte und den Ort seines Grabs festlegte, mir schleierhaft warum, das mit dem Grab, ein launischer Affront, als wären diese testamentarischen Sätze eine Art Versuchsballon gewesen. Jedenfalls war es sinnlos, seine Unterschrift anzuzweifeln, es wäre auch unter meiner Würde gewesen, aber es blieb festzuhalten, dass diese früh getroffene, nunmehr letzte Bestimmung mein Verhältnis auf Treu und Glauben mit ihm nicht berührte. Dazu stellte Wallmeier für Elenora und mich die Weichen, indem der Anteil ihres Bruders an den Einnahmen, den Tantiemen, dem Erlös aus dem in die

Höhe schießenden Absatz seiner Tonträger an Elenora geht, außerdem natürlich und meinetwegen alles, was er besaß, etwa sein Bankkonto, es gab tatsächlich nur eins. Das hatte mich nicht zu beschäftigen, geschäftlich schon gar nicht und persönlich war ich ohnehin dafür, dass Elenora dieses Konto übernahm, sie, die ich gern von ihrer gepresst atmenden Gegenwart in Wallmeiers Kanzlei entbunden hätte, nur war ich dafür der Falsche oder es war etwas anderes, das sie bedrückte: nach einer untergeordneten Rolle zu seinen Lebzeiten nun ihres Bruders Hüterin zu sein, ihres toten Bruders Nachlass.

Und doch hielt sie im Vorraum neben mir inne, während Wallmeier ihr schon ins schwarze Übergangsmäntelchen half, weshalb ich kurz tatenlos verweilte, dann vor ihr die Haustür öffnete und meinen Blick in ihre traurig glänzenden Augen senkte. Ob ich noch Zeit für einen zweiten Kaffee oder einen Apéro hätte?

Wir nahmen das Taxi zum Belcante neben dem Opernhaus, und dort überraschte mich Elenora mit der Frage, was ich zum Unfallhergang dachte, ob ich wirklich an ein Unglück glaubte, ich glaubte gar nichts. Elenora nahm es hin, das hätte ich mir sparen können, es gehe nicht um Glauben, sondern um Gewissheit, sie quäle der Verdacht, Frau Wertheimer müsse Marus mit einem vorgetäuschten Unfall in voller Absicht ums Leben gebracht haben. Ihr waren da allzu geplante Zufälligkeiten im Spiel, wo diese Frau doch kaum aus Zufall in der Gegend des Tatorts unterwegs gewesen war, sie sei bewusst dorthin gefahren, sie hat Marus aufgelauert. Natürlich, räumte ich ein, fängt man erst einmal mit so einer These an, fügten sich andere Einzelheiten wie von selbst zu einer schlüssigen Erklärung ineinander, man müsse dafür die eine oder andere Handlung nur um 90 Grad drehen und schon rattere und knattere das Windrad. Wie, dachte ich, etwa die Übergabe dieses Briefchens damals im Rialto, wovon Elenora nichts wusste und was ich weiter für mich behielt: Kontaktaufnahme, Selbstvergewisserung, ein Irreleiten und frühes Zerstreuen eines späteren Verdachts? Gar letzter sich selbst beschwörender Versuch, von ihrem teuflischen Plan abzurücken? Aber statt ihr freundlich zu danken oder sie für ein Weilchen zu uns an den Tisch zu bitten, versetzt ihr Marus diese Abfuhr. Ja mache ich ihn dafür selber schuldig? Heiner, halte ein! Dünnhäutig wie wir beide waren nach dem unfassbaren Tod von Marus, war Elenora und war selbst ich empfänglich für eine verschwörerische Geschichte, und außerdem wollte ich ihr mit Widerreden nicht wehtun. Aber wie käme ausgerechnet eine Verehrerin der Könnerschaft von Marus dazu, ihm nach dem Leben zu trachten? Eben weil sie das Gegenteil einer Verehrerin war und nur so hartnäckig hinter ihm her, weil sie ihn hasste und weil ihr Motiv auf der Hand lag, die Schuld, die sie Marus am Selbstmord ihres Mannes gab. Und darum gibt Elenora ihr die Schuld am Tod von Marus, hier suchte ich dann doch nach dem Bremspedal.

Wir müssten die weitere Untersuchung abwarten, vielleicht löse sich alles..., das müsse sie nicht, unterbrach sie mich, sie bereite eine Anzeige auf vorsätzliche Tötung, wenn nicht auf Mord vor, und ob ich mich ihr anschließen wollte? Was ich nicht wollte und will, was mir eher sensationssüchtig ist und bei Elenora der kaum bewusste Wunsch, dort, wo kein Trost wartet, eine Annahme, eine gewagte Vermutung zur Wahrheit umzuschmieden. Ich wiegte den Kopf, so ausdrucksvoll wie möglich, kein klares Ja oder Nein, ein unentschiedenes Getue, das mir kaum gelang. Also bat ich Elenora, mir eine Ablenkung zu erlauben, welche?, die Frage nach dem Ort seiner letzten Ruhestätte, wieso...

– Wieso in Grindelwald?

– Eben. Wieso in Grindelwald?

– Das wissen Sie nicht?

Elenora blickte mir in die Augen, durchdringend, wie man so sagt. Nein, das wusste ich wirklich nicht und begann trotzdem schon rot zu werden wegen meiner scheuen Vermutungen kürzlich über sein Tun in diesem touristischen Bergdorf. Zu recht. Denn vor dem, was ich zu hören bekam, sind sie doppelt peinlich und waren dreifach daneben gewesen. In Grindelwald, auf dem Friedhof dort oben, und Elenora unterbrach sich, glaubte, jetzt darüber sprechen zu können, dort oben sei das Grab der Frau, die er am meisten, ja überhaupt geliebt habe, und sie war ihm viel zu jung gestorben, eine mich in den Grundfesten erschütternde Nachricht.

– Viel zu jung, wie jung? Und woran?

Ich hoffte augenblicklich, ich bat im Stummen darum, bitte nicht durch Suizid, so förmlich schoss es mir durch den Kopf.

– An Leukämie, sie wurde nur vierundzwanzig.

– Das, das tut mir leid.

Elenora habe schwören müssen, niemals irgendwem davon zu erzählen, aber jetzt fühle sie diesen Schwur außer Kraft gesetzt.

– Niemandem. Also auch mir nicht. Aber danke, umso mehr danke ich Ihnen. Ich glaube, das haben Sie jetzt sagen dürfen.

Elenora hatte schon eine Weile ein Taschentuch in der Hand geknetet und jetzt schnäuzte sie sich, was sie besser nicht getan hätte, damit brachen die Tränen erst voll durch, und diesmal kramte ich nach meinem Taschentuch, aber sie winkte ab. In dem Moment war die blasse Kellnerin herangetreten, und nun winkte ich ab, wenn es dramatisch wird, tue ich überflüssige Dinge, die Kellnerin war sachte erschrocken und augenblicklich selbst zurückgewichen, während Elenora sich entschuldigte, was auch überflüssig war. Und ich nahm die Kurve zurück zum Thema, obwohl ich furchtbar gern mehr über die große, gar einzig geliebte Unbekannte von Marus erfahren hätte. Es widerstrebe mir, sagte ich, gerade nach dieser Nachricht, Marus postum in einen Gerichtsprozess verwickelt zu sehen, der mögliche Grund für das frühe Ende seines Lebens, die kaltblütig geplante Rache einer verbitterten Witwe, dieser juristische Einblick in seine Biografie als Künstler könnte an seinem Ansehen kratzen und die Anteilnahme ablenken auf Außermusikalisches. Der Name des Dirigenten Marus Lorbert sollte nicht in die Klatschspalten der noch verbliebenen Feuilletons und nicht in die Shitstürme der sozialen Medien geraten; so etwas fördere Ruhm und Andenken eher selten, im Gegenteil, Gerüchte kämen auf, Verleumdungen, und es werde Leute geben, die seine Aufnahmen aus ihren Sammlungen entfernen.

Elenora schien wegzuhören.

Auch will ich nicht in Ränke verstrickt werden, schreibe ich hier, nicht zurückgeworfen werden auf einen Kriminalfall, einen unersprießlichen, der nicht das Geringste daran ändern, ganz gleich wie der Prozess enden würde, dass Marus Lorbert vor keinem Orchester dieser Welt mehr stehen wird. Besser ich schreibe weiter, besser ich wachse im Schreiben durch das Schreiben, vor diesem Gespräch mit Elenora hatte ich schon die letzte Seite vor mir gesehen, den Schlusssatz. Und tatsächlich könnte ich nur dann ein Interesse an einer Skandalgeschichte haben, wäre ich ein Agent, wie es viele gibt, wäre ich ein Gangster, Gauner oder Räuber, wie er meinte, zuletzt gar mich mit meinte, mich, seinen ersten Biographen in spe.

– Marus soll und wird ganz anders unvergesslich bleiben. Seine Einspielungen werden auf Jahre hinaus gesuchte Referenzaufnahmen bleiben, hoch gehandelte Raritäten, in denen sein Ruhm...

– Ihre Sorgen sind nicht meine.

Falls die Staatsanwaltschaft einmal Anklage erheben würde, sagte ich zuletzt, würde ich mich als privater Kläger anschließen, das wollte und konnte ich Elenora versprechen, ungewiss, ob es derart weit kommen wird, aber nun im Wort. Vor allem muss ich aufpassen, dass das Ganze, das rasch unwürdig ablaufende Hin und Her vor den Schranken des Gerichts, nicht einen kruden Schatten auf das Zimmerpflänzchen wirft, das ich mit Viviane hegen will, wo es langsam auf den Winter zugeht, in dem es noch vieles abzuwickeln gilt, in dem Einbußen anstehen, Unannehmlichkeiten, banaler Ärger wegen aufgelöster Verträge, gar Prozesstage, die mir den Verlust der Treffen mit Marus nur noch schwerer machen würden. All das darf mich in den kommenden, unter dem steifen Himmel der Trauer noch dunkleren Wochen nicht in eine rastlose Stimmung versetzen, darf mir keine unangebrachten Pläne eingeben, keine falsche Zukunft vorgaukeln.

Eigentlich hatte ich gedacht, Viviane schwärme insgeheim für Marus, auch wenn sie eher wegzuhören schien, sobald ich von ihm erzählte, und tat, als müsse man bei ihm nachsichtig sein wie mit einem Kind oder wie mit einem von der Pubertät durch den Wind gedrehten Rabauken. Sicher hatte sie bei mir angefangen, weil ich ihr einen lukrativen Teilzeitjob und ein entspanntes Betriebsklima bot, aber ich hatte sie nicht im Fokus, ich war immer dagegen, am Arbeitsplatz, im eigenen Büro eine Affäre anzuknüpfen, Abhängige anzubaggern, so etwas muss einen doch ein Leben lang in den gemeinsamen vier Wänden verfolgen. Ich verbot mir das Gespür dafür, ob Viviane das Herz aufging, wenn ich morgens nach ein paar Anweisungen und Übermittlungen noch ein Weilchen mit ihr plauderte, statt gleich in meinem Zimmer zu verschwinden. Habe ich etwas anderes von ihr in Erinnerung, einen Blick, eine Aufmerksamkeit, an meinem Geburtstag eine Blume in meiner Lieblingsfarbe Blau und zum Glück nicht einen ganzen Strauß? Ich meine, was male ich mir dazu aus? Ein Heer von Psychiatern würde mir nachweisen, dass hinter all meiner Umtriebigkeit meine Unfähigkeit stecke, mich zu binden, und hinter dieser Unfähigkeit die pure Angst vor dem Weiblichen, dem Schleimigen, dem Saugenden und wer weiß was noch. Für solcherlei Eröffnungen vergeude ich keine Lebenszeit, das gehört auch nicht hierher, der Weg der Liebe, wird er ausgesagt, ist nicht der beständige Weg, Laotse, und mehr gebe ich nicht preis von dem, was seit meinem Satz, wir bleiben zusammen, da in mir spukt.

Über den Tod haben Marus und ich praktisch nie gesprochen, dazu waren wir nicht alt genug und wohl auch zu gesund. Hatte ich immer gedacht. Ich hatte mir auch gedacht, dass der Selbstmord des Soloklarinettisten seine einzige Verantwortung, die für sein Dirigat, nicht in den Grundfesten erschüttern konnte, obwohl ihm Wertheimers tödlicher Schritt in den Abgrund das Empfinden von Gefährdung für die Ausübenden, für ihre Leiden, ihre Schwächen und Tiefschläge grell erhellt haben muss. Sind sie wirklich nahe bei den Göttern, die Vollbringenden? Gegen Ende seines Lebens muss für Wertheimer die Strahlkraft der Musik, ihrer die Zeiten überdauernden Kompositionen von einem grauen Schimmer befallen gewesen sein, bis ihm schwarz und schwärzer im Gemüt wurde, sicher schon Tage, ja Wochen vor seinem Entschluss zu springen. Nach seinem Tod schien in Marus nicht die Ahnung zu nagen, ein Menschenleben könnte letztes Endes höher zu werten sein als alle auf uns gekommenen Meisterwerke, das habe ich mir jedenfalls gedacht, durchaus mit Zweifeln an der Integrität von Marus, an seiner Geradheit, Gradlinigkeit und auch gedanklicher Tiefe. Dabei wird es Marus längst besser gewusst haben als ich. Er war ja gerade durch seine Kunst lebendig, war buchstäblich bis zum Schluss existenziell auf seine Fitness aus gewesen im Wissen um die Begrenztheit des Lebens, der eigenen Kunst und um das Grab in Grindelwald. Er wurde nicht zum Zelebrierer, zum Melodramatiker, gefühlig und gekünstelt, ihn verlangte es nicht nach Kerzenlicht, wenn er sich ans Klavier setzte, und deswegen konnte er mit Pathos dirigie-ren. Er holte das Pathos aus der Partitur und verhalf ihm so zu seinem Glanz, er ließ alles Sentimentale hinter sich, er wuss-te um die Hohlheit von Schicksalsgläubigen. Todesahnungen waren von ihm und mir als etwas für die Pubertät oder das Greisenalter abgetan worden, aber wie man in den Jahren da-zwischen sterben würde, wenn sich nichts dagegen tun ließ, das hatte er durch die unheilbare Erkrankung seiner Gelieb-ten, nicht erst seiner Mutter erfahren. Der Rest war ihm Ge-schwätz oder Schweigen, und er entschied sich gegen das eine wie gegen das andere, er begann zu lästern, ein starkes Verb, damit kann man es Göttern heimzahlen, egal ob es sie rührt oder eher nicht. Dass ich das erst jetzt begreifen kann! Marus würde es mir sicher nicht verübeln, wenn sich sein wachsender Ruhm, ein wichtiger Musikpreis, postum verliehen, Aufsätze über ihn, eine gelungene Biografie und ohne einen verwirren-den Gerichtsprozess in der Bilanz meiner Agentur niederschla-gen wird, niederschlagen, wieso niederschlagen, wenn es ein Goldregen wird? Darüber hätte er doch auch gelacht, der grim-mige Solitär, dem alles Geld egal war, solange er genug davon hatte, und mehr interessierte ihn nicht, nicht seit seinem ers-ten Termin als Gastdirigent in Mannheim oder wo das war.

Ich habe mir gar nicht erst vornehmen müssen, dass ich sein Grab aufsuchen würde, nur dass er vor mir sterben würde, war mir bei seinem belastbaren Körper alles andere als abgemacht gewesen, mit wem auch immer, da wäre mir die Wahl geblieben zwischen Schicksal, Gottes unerklärlichem Ratschluss, zwischen der Statistik, dem Zufall oder der unvorhersehbaren Sinnlosigkeit. Aber das Böse, das menschlich Böse, das hatte für mich nie zur Wahl gestanden. Und jetzt kann ich kaum mehr daran zweifeln, dass Frau Wertheimer, dieses unscheinbare, dieses gepflegte, in ihrem Innersten aber doch so unglückliche wie niederträchtige Wesen vorsätzlich gehandelt haben muss, und zwar auf den Tag genau vier Jahre, nachdem ihr Mann in den Tod gesprungen war, das war, wie mir Elenora gestern mitteilte, ihrem Anwalt aufgefallen. Nun gibt es einen doppelten Todes- und Rachetag, doppelt viele Kerzen auf dem Altar der restlichen Jahre im Leben einer Frau, einer Gefängnisinsassin mit einem im Grunde rätselhaft planerischen, unbeirrbar nachhaltigen Willen, wie sonst, so fiel mir endlich auf, hätte sie von uns damals im Rialto überhaupt wissen können? Ob sie schon vorher versucht hatte, Marus nach dem Leben zu trachten? Ich weiß mit Sicherheit, dass er letztes Jahr um diese Zeit wegen eines Gastspiels in Hamburg unterwegs war, und am ersten Jahrestag des Sprungs in den Tod wird die lähmende Trauer in Frau Wertheimer noch mal einen Schub bekommen haben, bis der Wunsch nach Rache auf den Tag genau aufkeimte und von ihr bald zwei Jahre wach gehalten worden war.

Daran dachte ich, als ich am Sonntag zu seinem Grab gefahren bin, hinauf in dieses Grindelwald, dort den Toyota im Parkhaus zurückgelassen und mich zu Fuß aufgemacht habe, langsam, als käme auch ich wegen der schrundigen Kolosse, unter denen sich das Straßendorf entlangzieht mit seinen offenen, mit viel Holz verkleideten, zum Eintreten drängenden Wirtshäusern und Läden. Die Feriengäste träufelten vorüber im luxuriösen Gefühl, in tiefem Bergfrieden die ganze Kulisse auf sich wirken zu lassen, und ein Hauch von Ferienstimmung wehte auch mich an, bis ich die Kirche sah, weiß verputzt, in ihren bescheidenen Ausmaßen hingestellt in dieses Tal und umgrenzt von einem Streifen Gräber, den man einmal einen Gottesacker genannt hat. Eh, wie war denn das gemeint? Untergepflügt hat man dich also, aber eine Pracht wie die deine wird aus diesem Boden nicht wachsen, selbst wenn du ihn dir ausgesucht hast, deine Seele wandert nicht oder doch, ein Grab weiter doch? Hin zu ihr, die dich erwartet haben mag und darüber gar nicht einmal verwest ist, ob das dein Karma ist oder was, wie gern würde ich das glauben: zwei Seelen vereint und umschlungen durch die Höhe schwebend wie auf einem Bild von Chagall.

Ich ging um die Kirche herum, zur Talseite hin, und entdeckte das Grab sogleich, es ist ja nur ein kleiner Acker, und da lagen neben frischen, offenbar erst am Morgen hingelegten Blumensträußen und Gebinden noch verwelkte und verschlammte, auch verblichene und verdreckte CD-Hüllen und anderer Firlefanz, von dem er nichts mehr mitbekam, er würde sich sonst auch von hier aus davonmachen. Oder er hat sich davongemacht, mit ihr, ins Allerletzte, über den definitiven Schlussakkord hinaus, den er oft wie beifällig zerlaufen ließ, weil alles Wichtige, Unwiederholbare vorher schon erklungen, erspielt, errungen war und er gehen konnte, weg vom Pult.

Dass das Grab von ihr nicht direkt neben seinem liegt, hätte mir einen Stich versetzt, hätte ich die beiden nicht schon vereint über den Himmel schweben sehen. Der frische Blumenschmuck auch bei ihr, von wem sonst als von Elenora veranlasst, von mir ja nicht, sprang ins Auge, und die Lebensspanne stimmte, vierundzwanzig Jahre zwischen Geburt und Tod, ihren Namen behalte ich für mich, wo Marus ihn für sich behalten hat, selbst vor mir. Und jetzt sind die beiden weg, nicht erst seit heute, vor Tagen schon sind sie weg aus der scheinbar grenzenlosen Sphäre aus Schall und Rausch, weg in den ewig unfassbaren Tod, dessen Reich bleiben wird auch jenseits der Letzten von uns Menschen.

Bevor ich am Ende noch in Tränen ausbrach, blickte ich auf und sah das Wetterhorn plötzlich mächtiger denn je hochragen, das Schreckhorn und daneben die düstere, fast schwarze Kante der Eiger-Nordwand, und über allen war der Himmel von einem so makellosen Blau, als schwelte darin, fast mit dem bloßen Auge zu sehen, die kosmische Hintergrundstrahlung. Ich fühlte mich, ausgerechnet ich fühlte mich wie von einem feinstofflichen Schwall überfallen, von einer scheinbar kraftlosen und dennoch spürbaren Welle überspült, und mir, ausgerechnet mir war, als stünde ich am Rand des Weltalls, das seit Urzeiten keinen Rand hat, soviel ich weiß, keinen Rand nirgends in seiner Unermesslichkeit. Ich merkte gar nicht sofort, was ich da vor mich hinsang, hier, wo niemand mir zuhörte, ich musste es gar nicht hinkriegen, werde es nie hinkriegen, Elektra, Liebe tötet, aber keiner fährt dahin und hat die Liebe nicht gekannt. Zwar glaube ich nicht, dass das stimmt, für alle stimmt, ich glaubte es aber in diesem Augenblick, in dem ich, ja ausgerechnet ich nichts anderes wollte als das letzte Wort haben, wenngleich nicht aus Rache, und deshalb durfte es sein.

Ich will es mal so sagen, dachte ich auf dem Weg zurück zur Tiefgarage, wieder an denselben Plunderständern, am selben Auslagenkitsch aus bunten Schals, Sonnenbrillen, Ferngläsern und Schneebrillen vorbei, ich sage es mal so, und jeder gescheite Sportsmann wird mir da zustimmen, dass es genau das ist: Mut und Lust, Lust und Mut gewinnen das Spiel, nicht Zweifel und Selbstzweifel, und dieses Mal sagte ich es zu mir. Das Gestern war für die früheren Meister gewesen, das Morgen wird für andere oder für den Teufel sein, nur wir, die wir heute leben, wir sind und bleiben die einzigen auf dieser Welt, selbst wenn wir noch so hingebungsvoll den Toten lauschen, die diese Welt vor uns und auch für uns geformt haben. Wenn wir ihre Aufnahmen hören, wenn wir sie bis zur Erschütterung lieben und über sie diskutieren, um sie noch mehr zu lieben, und wenn wir die Toten von morgen sein werden, wir tun das heute, Viviane, bis morgen, Montag.

Tilman Spengler
MADE IN CHINA
Roman

Ein Slapstick der Gesten und Ideen, der die Leser ohne jede Schwere
mit dem Aberwitz vertraut macht, der auch in der realen Welt
existiert. Der Reiz dieser Groteske ergibt sich nicht zuletzt daraus,
dass man sich nie sicher sein kann, was von deren absurden
Fügungen denn nun fiktiv ist und was tatsächlich stimmt. Es
ist eine Parabel auf das heutige China, auf dessen Staatsziel
des ›Großen Aufblühens der chinesischen Nation‹, auf die
allgegenwärtige Fake-Kultur, hinter der staatliche Korruption
ebenso stecken kann wie der Selbstbehauptungswillen der kleinen
Leute, auf den Markt, der alles antreibt.«
Mark Siemons, FAZ

240 Seiten, gebunden mit Schutzumschlag. ISBN 978-3-88747-382-2